跃入人海 破浪前行

李尚龙
杨熹文
周宏翔
等著

四川文艺出版社

幸运的背后，
永远都是努力。

人生路那么长，
不走到最后，
谁也不知道结局会怎么样。

目 / 录

1 蜕变：完成最有价值的人生定位

2 闪光：极致的努力让人生更完美

5 选择：努力是为了让选择更正确

6 努力：不是为了改变世界，而是不被世界改变

1

蜕变

完成最有价值的人生定位

我也曾在崩溃的边缘

文 / 李尚龙

前几天又被一位媒体朋友问道：你是如何既当作家又当老师的？你是如何又创业又写作的？

我像往常一样，厚颜无耻地回答着，表述着。

就好像每一次，我都能处理得很好，就好像每一回，我都能不惧生活勇往直前。

但其实，并不是这样，我的生活经常失衡，也时常失控。

我曾因此自责过，后来我逐渐明白，我不是唯一那个动不动就失衡的人。所有生活平衡的背后，都是失衡；但随着自我调节，才逐渐恢复平衡起来。

只不过是我们选择遗忘那些不平衡的经历。

生活并不是你活过的模样，而是你记住的模样。

绝对平衡的生活并不是不变的生活，就像人在钢丝上行走，你只有不停左右摇摆，才能安稳前行。

我和每个人一样，也曾处于崩溃的边缘。

但好在，我从未细致地想过如何平衡，也没有想好平衡后再前行，我总是先走在路上，在路上再试着平衡自己的步伐。

1

我记得 2018 年，我跟许多编剧去山西右玉县开会，探讨影视作品的价值与价值观。

那天我刚出差回到北京，累得半死不活，本想睡两天安稳觉，却接到了开会的通知。

我看了看课表，第二天还有一节课，本想婉拒。可宋方金老师就给我打了个电话说：尚龙，你最好还是来，因为这个圈子很多重要的人都到了，在会议上很多人也都要发言。

于是我收拾了一下衣服，带着电脑和上课的讲义，跟着大巴车，一路颠簸到了右玉。

下午开了个会，晚上他们在吃饭的时候，我进了酒店，饥肠辘辘地插上网线，开始了一天的课——这些年，我已经习惯刚到酒店就测试酒店的网速，方便晚上上课。

我连上了宾馆的Wi-Fi，一测网速，吓了一跳，慢到完全没法上课。

我找到服务员要了根网线，想着会不会用网线能快一些，结果服务员找了几根网线，再次测试，结果出乎意料：还不如 Wi-Fi。

我终于用了备用方案，打开手机热点，见鬼的是，在这个村庄里，

4G 的速度都慢到令人崩溃。

这一回，我所有的备选方案都完蛋了。

我看了看表，还有不到半小时上课。

这时，我已经有些紧张，思考着应该怎么办，这些年我特别害怕一边上课学生一边叫卡，因为网速卡不卡，我无能为力。

我作为一个老师，在教学方面或许有所建树，但网络好与不好，我又能做点什么呢？

可是，学生不这么认为。

于是，只要在外地，我第一件事永远是首先测试宾馆的网速。

但这次，很明显我遇到了麻烦，备用方案也出了问题。

我立刻打开了手机查了查周围的地址，一咬牙一跺脚，打了辆车，10 分钟后，我到了当地唯一的一家网吧。

到今天我还记得那段对话：

“你们有包间吗？只有一台机器那种！”

“没有。”

“那有没有小房间，安静的那种，我都包下来。”

“你要干吗？”

“我要上课……好吧，”我怕对方听不懂，“我要开个电话会议。”

“我们真的没有。”

情急中，我看了眼这家网吧在上网的人，好在不多。我径直走了过去，跟每个人说：“不好意思，我们现在需要在这家网吧开电话会议，很重要，这 100 元是赔偿您的损失的，我从 7 点用到 9 点。

对，9 点后您就能来了，谢谢谢谢……”

那天运气很好，他们都同意了。

当他们都离开了网吧，我转身跟老板说，接下来我包场。

老板看了我一眼，说：“1000 元包一个小时。”

我不停地讨价还价，最后定下来 1500 元包两个小时，但是到了 9 点，我必须允许其他人来上网。

交了钱，我插上网线，一试网速，声音传到远方，学生说能听到，瞬间，我的眼睛差点都红了。

那两个小时，我依稀记得，我讲得很慢，很细致。因为我知道，能换来一个安静的环境给大家上课，不容易。

下了课，学生让我唱歌。

我说，不了。

他们说我无情，但他们不知道的是，外面已经排了几位等待上网的青年，而我交的押金也不够了。

上完课，我走在右玉的街头，那街头没有灯，只有一个我，晃晃悠悠。

我忽然意识到，还没吃晚饭。

回到酒店，我给尹延打了个电话。我说，我再也受不了这样的日子了。打着打着，我竟然哭了出来。

尹延没说话，就默默地听着。

最后他只说了一句，你有没有想过，卸掉作家那个身份。

这回，换作我沉默了。

第二天，我起了床。没有坏情绪，没有抱怨，我明白生活还在继续，我依旧要寻找一个安静的地方给大家上课。

第二天，我推掉了会议，自己买了张火车票，回到了北京。

2

生活的平衡并没有一个万能的公式，也没有什么方法和捷径供你拿来即可。

你只有一边前行，一边调整，在前行中平衡。

这并不是我第一次这么狼狈，这些年，因为有了互联网教育，把老师从教室中解放出来。老师虽然可以去任何地方，可以对着电脑、手机给学生上课。但如果你需要得更多，就要付出更多。

这个道理到哪儿都适用。

这些年我在许多地方上过课：在同事家、在厕所里、马路边、咖啡厅包房，还有一次在一家竞技游戏厅的角落，我这边上课，那边一阵阵的 double kill、monster kill 的游戏声。

学生说我很辛苦，但我不这么认为，我知道，既然你选择了远方，就必然要在路上，路上有风雨，你需要自己掂量。

如果你想要更多，就必然需要用青春和热血，平衡生活的失衡。我想把课上好，我也想成为一个能靠文字谋生的人，所以，我一定会付出更多。

生活的平衡，并不是谁告诉你的，而是自己找出来的。

我记得在上大学时，一位老师在课上讲：当一件事，一个人有 50% 成功的机会，就应该先做，而不是先想，做着做着，再去调整自己的方向。

3

我认识一位两个孩子的妈妈，她同时还是一家C轮融资公司的CEO，那天我看到一个媒体采访她，问：你是怎么平衡生活和工作的？

她说：我不知道。

下面的评论都在骂她，说她装，很多人也都以为她不愿意分享。我猜，她不知道的原因，是因为从来没有总结过，也没空总结，所以更不知道应该怎么说。

我记得她跟我说过，一天，她刚准备出门，忽然孩子发烧了。可是，那天是周一，要开晨会，计划新的一周公司计划。她立刻给副手打了通电话，说：孩子发烧，麻烦帮我顶一下，把会议内容抄送给我就好。

接下来她飞快赶到医院，把孩子安顿好，立刻给保姆打了通电话，等保姆到了医院，自己再赶回公司。

下了班，她又回到医院，接孩子回家。

所以，你问她怎么平衡家庭和生活？她什么也不会说，因为没有一个简单的概念与公式，可以囊括这么复杂的人生。

后来我也慢慢明白，总问怎么平衡的人，仅仅是因为他们不愿做点什么，他们希望先找到一个万能的公式，能先有一个可控的模板，再去毫无风险地做点什么。

但真正的生活并不是这样。

生活是你必须先做点什么，然后一边做，一边思考，一边思考，一边调节，再一边做。

生活，是一边行驶在高速行驶的车道上，一边做决定左转还是右转，生活惊险刺激，生活来之不易。

4

热力学有个概念，叫熵。

说人的存在就是一种增熵的过程，所谓熵，就是混乱程度。也就是说，一个人活在世界上，就是在不停地增加着周边混乱的状态。

但久而久之，我开始明白，混乱不怕，怕的是任凭它混乱，不自控、不自律，还不自知。所有的平衡，都是长期自控、自律和自知的结果。

我曾经在《人设》里写过：平静的湖面下，往往都是暗流涌动，但只有多股暗流才能相互制衡，最终产生平静的湖面。

在生活里，你需要自己去制造这些暗流，东边的力度大了，你要在生活里寻找一个来自西边的力量；南边的力量大了，你需要从北边借到一股需要的力气。

如果生活的平衡有什么法宝，我想只有这么一句话：任何事情，先去做，在路上去寻找平衡。

生活其实没有什么平衡法则，但所有平衡法则都在动态的生活里。听起来很悬，但这是真理。

毕业之后去大城市，给你的思维和格局带来了什么？

文 / 陈大力

1

当《在北京，每天有两千万人在假装生活》刷屏的时候，我刚睡醒，起身喝了点冷豆浆，准备再泡一杯牛奶，配上昨晚在超市买的奶酪面包条。

成都这座城市的氛围，让“慢条斯理享用早餐”这件事，显得合情合理，和北上广这种一线城市相比，显得安逸许多。

我前年在上海实习的时候，每天早上吃的早餐，都是去地铁站里的“family mart”买的。店员把速食三明治和紫薯包放进微波炉，加热总共不到一分钟，我站在店门口伸长了脖子，慌张极了，在心里“嘀嘀嗒嗒”地计算着，掐着时间。

这次我回到成都，总是很难调整到一个好的工作状态，一方面是因为疲惫，还有一个更重要的原因，则是因为这里的慢节奏生活。

丝丝入扣的慢，香甜的慢。

7 月的空气中飘着火锅的辛辣，脑袋发烫，鼻尖酥麻。下班后的人们约在小饭店与麻将馆，将家常事抻出来，细细地讲，碎成一缕一缕的欢与愁，被天光大方地照耀。

和上海不一样，成都的灯红酒绿、夜夜笙歌，显得更为安逸，好像是一个不谙世事的孩童。

年轻的时候你所定居的城市会影响到你将如何度过你的一天、一月、一年，更重要的是，它会浸透在你的性格里，悄然改写你的命运走向。

这是潜在的，却也是终生的。

之前看过一些文章，把城市简单划分为“发达”与“不发达”，认为发达的城市适合奋斗，不发达的城市适合养老。

但这样的界定太狭隘，也太粗犷了。

比如说上海和成都，在我看来，绝不只是谁的经济实力更强大的区别。

一座城市对一个人的影响，一定包括了这座城市的价值观、处事风格、居民素质、生活氛围，远远不只是 GDP 这么简单。

2

人在 20 多岁时，选择一座匹配自己的城市定居，非常重要。

在我看来，选择一座定居的城市，需要考虑的最关键的几个地方在于：生活成本、发展机会、生活理念。

先说生活成本。

一座城市的生活成本，有硬成本，像物价、房价；也有软成本，比如心理适宜度。

《在北京，每天有两千万人在假装生活》这篇文章，其实就是讲生活的软成本。

作者通篇抱怨着北京艰难、人情冷漠，不管它是不是真的冷漠，我认为既然选择了大城市，就一定要接受它所谓的“人际疏离”。因为北京永远是北京，不会是三姑六婆们走街串巷把家常杂事嚼烂的小城市。如果是，它将不能成为北京，不能成为那个容纳无数新兴行业、外来血液，那个每年支持着一批又一批的青年才俊造梦摘星的城市。

倘若它在“温暖”上有所欠缺，也一定是与它无可比拟的繁华相对应的。

所以，“温暖”与“繁华”这两点是紧密联结的，你不能人为地把它们掰开。

发展得更为成熟的城市，生活成本一定是更高的。

先一股脑闯进北上广，然后再抱怨它价高人冷，是很幼稚的行为——人生没有两全的选项，得到了A选项，一定会失去B选项，所以我们在选择城市，尤其是决定要不要去“大城市”时，请务必想清楚自己是否接纳，或是否有承受大城市的生活成本。

没人逼你去大城市，能承受就去，不能承受就退。不丢脸，不可悲，更不需要矫情。

第二是发展机会。

一座城市所能给予你的发展机会，牵涉非常多的方面。

比如我学新闻专业，在上海的话，除去报社、广播电台、电视台，还可以就职广告公司、公关公司、新媒体工作室，甚至网红孵化器，还有其他相关行业，数不胜数，可如果在一座小城市，我或许只能从报社、广播电台、电视台中选一个。

如果对自己的职业生涯没有大规划和大憧憬，觉得自己不饿死就行，那么选择待在小城市就好，过于忙碌的大城市对你来说没必要；如果你是实现自我价值欲望很高的人，那么选择在大城市生活，尽情地、自由地挥洒你的野心。

但是发展机会怎么考量呢，就需要结合你具体的院校与专业了，或者你以后可能从事的行业，在这座城市的发展趋势如何。

比如做媒体，北京的媒体环境非常好，我的朋友曾跟我开玩笑说，在北京，去公司楼下买杯星巴克咖啡，路上都能听见至少 8 个做自媒体的人的谈话。

我去和出版社的编辑见面谈合作的时候，编辑也告诉我说，全国大半的出版社、出版公司都在北京，或者说都会在北京开分公司。

一个行业在某一座城市的发展情况如何，我们决定是否要在这座城市生活，需要我们慎重了解，反复掂量，甚至去尝试生活一段时间。

去一座对你的工作发展有利的城市，会像乘坐一艘正在航行却没有遭遇大风大浪的船。乘风而上的人，总归能飞得更高。

第三是生活理念。

选城市还有一个必须看重的，便是它的生活理念，或曰，它奉行的人生观：何为上，何为下，何为高枕无忧，何为剑走偏锋。

我在上海和成都这两座城市，都生活过很长时间，两座城市的差异还蛮大的。

有人说，上海街头80%的人脸上都裹着物欲，恨不得能印上“钱”字。这话不假，上海的氛围是爱财，是生机蓬勃地向哪怕是捉襟见肘的命运，多讨一杯鲜美的羹。

这里的座右铭：贫穷是魔鬼，别被它盯上。

而成都人呢，非常安然自得，有了点小钱就会很开心，就会去吃肉、喝酒、打麻将，说实话我非常羡慕这种怡然自得的状态。

我认识的所有成都人，都不会太在意月薪有没有比别人高，不会太鞭挞自己赶忙奔去金字塔塔尖，总之未必需要多优秀，反正找乐子的路数不会少。

所以，尽管对成都是发自内心地喜欢，我依然觉得我不适合这里。我这种每个月要掐着点算KPI，靠“成就感”撑下去的人，在成都会觉得活得不够满足。

3

那么，人在年轻的时候，到底要不要去大城市呢？

我的答案只有四个字：看你自己。

千万不要因为冲动，因为随身边的大流，盲目去做决定。我希望大家在20岁出头的年纪是理性的，千万不要去做一边享受着大城市的好，一边埋怨它冷漠、艰难，或者一边享受着小城市的好，一边嫌弃它封闭、自固的那种人。

你为自己的未来做出选择时，一定要有承担这种选择所带来的后果的勇气。人生永远是苦乐参半的，所有的诱惑与美好，背后都是高高堆积的代价。

你不付出这些代价，便没有资格拥有美好，这很公平。

或许，明白了这一点，类似于《在北京，每天有两千万人在假装生活》这样的文章就不会刷屏。因为既要求一座庞大的城市高速运转，为你带来生活和工作的便利，又要求它为平凡的你不时停留，予你嘘寒问暖，实在是太贪心的行为。

人生没有两全，永远也没有。

如果命运手上的那点甜，要吃很多苦才能够到，你只需要想清楚一件事——你是更在意途中的苦，还是更在意最后的甜。

想清楚了，然后按照自己的规划去努力，一切便都会苦尽甘来。

目标混乱的时候，行动力是最好的指明灯

文／慕容素衣

1

一个月以前，微信上一个同校的师妹申请加我为好友，我通过之后，师妹迫不及待地切入正题：师姐，我好羡慕你的生活，我从小就喜欢写作，该如何才能过上以写作为生的生活呢？

我问她：你现在开始写作了吗？

她回答说：还没有，因为作为一个新人，写好了也没有发表的途径。

我忙说怎么可能，现在网络平台如此发达，写言情可以去晋江，写玄幻可以去起点，写随笔可以去豆瓣，写杂文可以去天涯，不管你写什么，总能找到发表的平台。

她礼貌地感谢过我后，表示要好好去研究一下。

半个月以前，这位师妹又来找我聊天。我以为她已经研究出成果了，便问她最近写文的进展如何。

谁知她犹豫了一会儿，告诉我说：师姐，我还没想好到底是写小说还是写散文呢。

我问她：那要看你想写什么。

她考虑了好久才回答说：还是小说吧，不过我听说小说要红很难，大家都只读得进鸡汤，哪有耐心读小说。

我告诉她，那要看你自己擅长什么了，不是每个写鸡汤的人都像咪蒙一样红，也不是每个写小说的人都无人问津。

她说那我自个儿再琢磨一阵吧。

就在三天前，我在群里碰到她，问她琢磨得怎么样了。

这位小师妹理直气壮地回答：还没呢。原来她又陷入了新一轮的担忧中：师姐，我听说现在盗文和侵权很厉害，要是我把文章发在网络上，会被盗文吗？

我只好告诉她，这个问题我就无法保证了。

听了我的回答后，师妹陷入了深深的纠结之中，我估计她还将一直纠结下去。

遥想当年，我刚在网络上写文章时，根本没考虑过盗文之类的问题，现在的年轻人啊，真是思虑周全得很啊。

作为写手界还算资深的老司机，我常常收到一些关于如何写作的私信，通过总结发现，这些初学写作的人最大的问题就是该如何开始，比如说：

写小说前，要不要写大纲？

作为一个新手，如何写出人生中的第一本书？

写作时，该不该考虑市场？

……

对于这类问题，我只能统一回答：快去写吧。立刻，马上。

我不是偷懒取巧，而是因为所有和写作有关的问题，只能在写作中得到解决，事先想那么多有的没的，都没用。

2

环顾周围，像我师妹这样想太多的年轻人，不是太少了，而是太多了。

你是不是想去环游世界，却又担心自己存款不够多，外语不够好，以至于迟迟迈不出最初一步，连走出国门去外面看看都无法开始?

你是不是想继续深造，但顾及一旦离开了原有的位置，很快就会被人取代，以至于根本不敢轻易离开?

你是不是想开始创业，但考虑到自己毫无经验，经济大环境又不够景气，所以压根儿不知道从何下手?

这些“想太多”的人，在开始做一件事之前，总是会顾虑重重。他们不是不想开始，而是在开始之前，想等待一个最完美的时机。他们最喜欢说的就是，等我怎样怎样了，我就如何如何：

等我财务自由了，我就去做真正喜欢的事；

等我选到了一个最理想的店面，我就去开家小店；

等我英语学好了，我就去国外旅行……

这些“想太多”的人，总是把太多的时间花在纠结上，他们总是想等到一切条件都足够成熟时，才开始去做。可事实上，永远都没有万事就绪的时候，你想等到一个完美的开始，结果就是永远也开始不了。

他们总是设想着等什么都准备好了，然后再开始去做最想做的那件事。

通常情况则是，当我们把所有期待都放在然后上，然后就没有下文了。

一个世界五百强公司的HR曾经跟我说过，他们公司每年都会对员工进行测评，结果发现，那些在公司表现最好，最受猎头青睐的员工往往不是一肚子想法的，而是行动力超强的。所以他们在招人时，通常会着重考察应聘者的执行力，他们也许不是最有创意的，却是最善于将创意转化为产品的那类人。

3

作为一个从小到大想到什么就去做什么的雷厉风行者，我一度很难理解为什么有人会在做一件事前想那么多，直到同样的事落到我自己头上。

从去年开始，我一直在筹划做一个微信公众号，但是眼看着快一年过去了，这件事情还在筹备之中。昨天，我在微信上和一个很久没聊过的编辑聊天，问他开始做公众号了吗，他发了一个尴尬的表情，说还没有。我说我也没有，两个人都不约而同地有些沉默。

就在去年的时候，我们俩还是多么地踌躇满志，兴致勃勃地告诉对方：我要做公众号啦！你要监督我哦。

豪言壮语还在耳边，10个月过去了，我们压根儿都没有开始起步。

对比起来，唯一值得欣慰的是，我新注册了一个公众号，尽管一篇文章也没有发布过。

为什么会这样呢？我觉得还是因为顾虑太多吧。就拿做公众号这件事情来说，我有太多太多的担心：担心写不出爆文，担心写的文章没人看，担心涨不了粉，担心无法及时更新，担心即使更新了也无人关注……

这些顾虑阻碍了我，让我将做公众号这件事一再延迟。我终于明白了为什么会有那么多想太多的人了，因为他们和我一样，有着各式各样的担心，我们害怕的事情看似千姿百态，其实质却是一样的——我们都害怕自己在竭尽所能后，收获的仍然是失望。

所以我们宁愿将手头想做的事无限期往后推延，好像只要不去开始，那些担心的事就一样也不会发生。

为了避免努力之后的失望，我们干脆就不去努力。

但是这样真的就不会失望吗？

不会的。

天长地久下去，也许我们避免了种种设想中的失望，却逐渐累积了另一种失望——那是对自身怯懦和拖延的失望。

失望有很多种，可当一个人开始厌弃自己，那才是最致命的，这样的失望，才是真正的失望透顶。人最怕的，是还没有行动前，就找出各种理由和借口来，说服自己不要开始。

4

杨绛先生曾经给一个年轻读者回信说：你的问题在于读书太少，而想得太多。

对于我们绝大多数人来说，除了读书太少外，最大的问题往往是想得太多而又做得太少。

罗胖曾经提出过一句响亮的口号，“成大事者不纠结”。古往今来的成功者，的确都是执行力超强的行动派，他们很少纠结，他们想到一件事，就马上去行动，在行动的过程中去修正问题，解决问题，而不会设想着等到所有问题都解决了再去开始。

乔布斯在推出苹果手机前，人们对智能手机的前景并无信心，他没有想太多，坚持推出了自己的产品。苹果一代还有着许多缺陷，可那又如何，那些缺陷都可以在一次又一次的升级换代中得到弥补。

马云在创立阿里巴巴时，几乎遭到了所有人的嘲笑，人们压根儿不相信，会有人真的去网上买东西。如果他非要坚持等到一切都准备就绪时再动手，那么现在称雄互联网经济的霸主可能早已换了其他人。

当你还在踟蹰，当你还在纠结，当你还在期待一个万事俱备的开始时，行动派们已经早早地着手去做了。久而久之，你们之间的距离会越来越远，你会发现，当初都在同一个起点上，可因为你想得太多而做得太少，早已被远远地甩在了后面。

我不是说让你行动前什么都不去想，而是劝你在行动前千万别想太多。想太多这件事，本身就是很耗元气的，日复一日地纠结，会消磨掉一个人的志气，让人在还没开始行动之前已经变得筋疲力尽。

你所要克服的，是瞻前顾后的担心以及对完美的执念。在做一件事之前，适当的筹划是有益的，过多的顾虑则是有害的。对于我们要做的大多数事来说，完成永远比完美要重要。

孔子曾说“学而不思则罔，思而不学则殆”，把学替换成“行”，意思也是很恰当的。

与其在行动前就纠结着如何开始，还不如挽起袖子，说干就干。

你想要写出让人看得如痴如醉的小说来，那么就打开电脑，写下第一个字；你想要见识更广阔的世界，那么就走出家门，去你力所能及的远方；你想要更高的收入，更好的生活，那么就花费更多心血去成为某一行业的专家，让自己成为能够匹配更好生活的人。

你想要吃桃子，至少得先种棵桃树对不对？

别等到你垂垂老矣的时候，才后悔莫及地发现，你对未来有过无数种美妙的设想，可那一切都停留在了想想而已的阶段。

一个人能抵达多远的目标，归根结底取决于你做了什么，而不是你筹划了什么。

幸运永远属于说干就干的那一小撮人。

与其被焦虑吞噬，不如先过好自己的每一天

文 / 周宏翔

1

“我们会更好吗？还是会更糟？”

上班的时候，张臣突然听到隔壁桌的徐梦问他什么。

“你说什么？”张臣取下耳机，正对着徐梦反问道。

就在前一秒，徐梦读完了一篇叫作《时间在前进，时代在倒退》的文章，整个人的心情丧到谷底。不知道从什么时候开始，每过一段时间，朋友圈里就会出现一篇类似主题的文章，大致是翻着社会的各种问题让你感觉你生活的时代非常糟糕，这样的文章往往以很快的速度就可以累积到 10 万加的阅读量，同样的，这样的文章很快也会消失在浩渺的网络之中。

徐梦不喜欢这样的文章，虽然从某种程度上来说，作者确实好像一针见血地指出了一些问题，但是这种指出并不是一种解决问题的方式，或许人人都想做当代鲁迅，或许人人都希望用自己的方式

点醒更多“沉睡”的人，或许，徐梦也不知道还可能存在的一些目的，但对于她而言，揭露问题不代表危言耸听，更不代表煽动性地指引。

徐梦和张臣，在一家自媒体公司上班，每天的工作就是切实可行地想出吸引读者的十万加标题，他们要花相当多的时间在标题用词的拿捏上，有的时候甚至超过对文章本身内容的把关。所以她很清楚，自媒体背后的运作模式到底带着多少私利的目的。

“我们会更好吗？还是会更糟？”徐梦忍不住又问了一遍。

“什么糟？狄更斯在18世纪就告诉过你答案了，别傻了。”

这个问题徐梦也问过自己的闺蜜，闺蜜当时一边在做美甲，一边说：“是，是很糟，但什么时候不是呢？过去精神相对自由，但物质和科技都是很糟的，等到物质丰盈科技兴盛的时候，精神又有了局限，人总是在抱怨没有的东西，但是人会不会要得太多？美国问题更多，日本也是，哪个国家不是，一味吹捧和一味唱衰，都是毫无意义的事情。”

徐梦对闺蜜的话非常赞同，重要的是后面闺蜜说：“那些让大众焦虑的自媒体，他们自己最好也是真的焦虑。”

中午时徐梦和张臣又说到了这篇文章。

张臣说：“我现在回答你早上问我那个问题，我就一句话，我们是受过高等教育的人，对时代应该有自己的判断力，而不是由别人来告诉我们世界变成什么样了。”

2

徐梦的朋友圈里两极分化，有过得很好的同龄人，每天都是香车宝马、锦衣玉食；也有非常努力拼命的旧识，在而立之年到来时，还在摸爬滚打，试着杀出一条血路。但不管是哪种人，徐梦都会看到他们疲惫的时候，从网上找来一两句心灵鸡汤发在朋友圈里，慰藉自己，照亮他人。

“现在做什么都很难做。”周末下午茶的时候，和几个一起来北京打拼的同学聊天，时不时就得出这样的结论。

“你说不好做吧，我们公司那个‘95后’周末在小红书上做美妆博主，每个月广告费可不少。”

“‘95后’赚钱比你多，你焦虑吗？”同学突然问徐梦。

“聪明的人那么多，勤奋的也不少，你能和谁比？”徐梦说了句实在话。

“那倒是，说一点不眼红是假的，但是让我一周5天工作完了还无法享受属于自己的周末，我也是做不到的，说真的，焦虑是完全没有，最多就是怪自己懒，无论怎么样，真正在金字塔尖的就那几个人，永远不要拿典型例子来做人生参考，因为他们当初根本就不知道自己能成功。”

网上说，那些成功的人都是见缝插针地运用时间，走路的时候做计划，坐地铁的时候看书，下班之后回去充电，周末还要提升专业之外的技能，你能做到，你就成功了一半。

但徐梦觉得这种说辞真的仅仅只是一种理想化，要是真的一个人24小时都在运转，就跟机器一样，现实生活中根本无人能做到。

“对于现在的年轻人来说，最想要的是什么？”

在选题会上，领导直接抛出了这样的问题。

“钱。”

“成功。”

“自由。”

“名气。”

徐梦想了想说：“高人一等。”

在徐梦看来，这个时代的年轻人比任何时代都更爱去和别人比较，这种比较本身就是一种潜在的焦虑。曾经是差距让人进步，但是现在是差距让人恐慌。

徐梦分析过这样的原因，基本从“85后”的这一代人开始，截止到“05后”，这一群人正巧是中国的独生时代的群体，因为没有兄弟姐妹，父母最喜欢的，是把自己家的孩子和别人家的孩子进行比较，可以说，我们是在父母教育的潜移默化中去学会“比较”这件事的。

没有人喜欢比较。包括徐梦在内的那些同龄人，都痛恨极了学生时期的“别人家的孩子”，可怕的是，长大之后，自己竟然也成了父母那样，心里不自觉地就把自己和同龄的其他人进行比较起来。

所以，这一代年轻人最想要的是什么？是高人一等。开始是想堵住父母的嘴，后来变成了自我的心安理得。

“但是我们是在变好的。”下班后徐梦听到两个小姑娘在茶水间聊天，“两年前我的房租3000一个月，合租，现在我的房租7000，住开间，虽然总觉得和别人始终有差距，但是我自己在变好这件事，我还是很欣慰的。”

徐梦身边有许多像这两个聊天的女孩一样的朋友，这是徐梦感到开心的事，当很多人在那些对比成功人士和自己的文章的评论区羡慕、忌妒，甚至自怨自艾的时候，徐梦身边会有这样的人，说，别扯那些有的没的，先和自己比，别人成功你恐慌什么？你自己越过越差才值得警惕。

3

那些贩卖焦虑的人有一个特质，他们很喜欢看到谩骂的存在。

徐梦刚做自媒体的时候，就听到不止一个同行说："先得让别人骂你，才能让别人注意到你，这个时代变了。"

当时徐梦觉得可怕。

当《创造 101》的杨超越在网上被冷嘲热讽到不行的时候，徐梦立刻打了电话给张臣，她说，杨超越要火了！

果不其然，大家会第一时间去关注那个被骂的人。

每次徐梦看到那些看似评判社会问题的文章，往往都带有极强的煽动性，这种煽动性带动的，大多数其实不是有感同身受的人，而是变成另一种带节奏的谩骂——骂社会、骂体制、骂规则，网络的风气已经变了，好像这个时代的揭竿起义就是骂，好像骂就是可以改变一切的方式。

"现在在网络上发声太简单了，骂一个人也太容易了，大家会觉得那是言论自由，但到底什么是言论自由，可以说有 50% 的人没搞清楚。"领导有一次在选题会上直接说道，"攻击别人从来不是言论自由，伤害也不是。大多数的焦虑除了文章本身，更多的是下面带节奏的言论。”

徐梦很自然地联想到那句“骂者众，思虑者少，献计者寡”。

有问题自然是需要被揭露的，但是大多数的跟风谩骂并没有解决根本的问题。这些可真可假虚虚实实的恐慌带给这一代年轻人最直接的结果就是，感觉看不到未来，自己都照顾不好自己，就索性拒绝婚姻，拒绝孩子，拒绝下一代进入到这个世界。

然而，身边依旧有那么多幸福的夫妇，有那么多会教育孩子的父母，结婚或者生育当然是每个人自己的选择，但连徐梦自己在内，或多或少都受到了那些贩卖焦虑文章的影响，认为结婚是可怕的，生育也是，孩子从小到大多危险，自己可以保护好他吗？

徐梦几年前参加过两场婚礼，都是至爱亲朋，他们现在也已经生儿育女，徐梦询问过他们真实的婚后感受，其实没有那么可怕，不幸福的人总是有的，但绝不是因为婚姻和生育给你带来的。

倒霉和幸运都是人生中的概率事件，只是当下太多人喜欢放大这些概率罢了。

“有人如果真的意识到社会问题，并在指出问题的同时去剖析问题存在的原因，从而找到解决问题的方法，能做到这三步的人微乎其微，多少人把问题甩给大众，连原因都懒得分析了。”

4

清晨的地铁上，徐梦再一次看到一篇在朋友圈刷屏的文章《非京籍孩子上学到底有多难》，徐梦非常认真地读完了，然而这一次她只是想对作者说，写这篇文章到底是为了说明什么呢？说明父母年轻的时候只知道玩，没考虑户口的事情，一拖再拖，拖到孩子要上学需要户口的时候才着急，还是为了让大家同情，说类似自己这样的群体，在北京工作，在北京纳税，可是却享受不了北京的福利？

很快下面的评论里就出现了谩骂，开始质疑外地人为什么要来北京抢资源，也很快有人反驳说纳了税就应该享受公民权利，紧接着有人指出，去年就有一篇关于这样问题的文章出现过了，一年过去了，问题还是没解决，明年应该还会再来一次。

那些唇枪舌剑看得人头疼。

徐梦可以想到的问题很多，虽然她没有办法说出“咎由自取”这样的话，但是她知道，你选择了大城市生活，就不应该抱着安逸的态度去对待可能出现的任何危机和竞争，大城市是充满了各种野兽的丛林，那么作为一个外乡人，凡事都应该比在小城市生活要更早做准备。

徐梦终于从焦虑感中脱离出来了，因为她知道，像文章中所说的情况确实是有的，但她也非常清楚地知道在北京有许多年轻人在生孩子之前已经考虑了种种情况，大部分都提前解决了这个问题，兜售焦虑终于在徐梦这里不管用了。

这个时代确实存在一些还没有解决的问题，甚至在每一段历史进程中，人都是裹挟在暴风之中的，重点是，正因为不管什么时候都有糟糕的事情出现，我们才更需要更多的人来提供一些可行的经验，温暖的微光，以及对大家出于好心的警惕，而不是一味地拉开一条口子，让泥浆倾泻，而搞脏接近泥浆的人。

这一次的选题会，她希望能够提出“消除焦虑”这个话题。

让自己过好每一天，是消除焦虑最好的方式。

当下一波暴击出现的时候，只是希望自己是个有准备的人，而不是陷入一片毫无准备的慌乱之中。

比起迈出脚步实现梦想，更重要的是什么？

文 / 苏听风

P 跟我说她辞职了，不再做外贸了，要去过自己想要的生活。

我跟她说，恭喜你啊，人生又有了新的开始。想必，这个回答一定让她有些惊讶吧。

在短暂的惊讶之后，P 问我：对于她的这个选择有没有什么建议。我想起了自己跟她类似的一段经历。

在大多数人的眼中，外贸还算是一个高大上的工作，有不错的收入，还有光鲜的工作环境。曾经，我也身处别人认为的舒适的外贸行业当中，让人欣慰的是，在这种还算快乐的工作之中，我还做到了管理者的位置。只是，心里一直被一个想法所挤压，那些萌动的想法，会逼迫着我想去伸手挠它一下。

是的，在我的内心，有另一个理想世界的生活和更感兴趣的工作状态。我心里可是有一个跟文学和写作有关的梦想啊！

这种内心潜藏地想要改变现状的种子，在一点点地发芽，试图疏散身体中的那片固土。直到有一天，一个环游世界的爱尔兰客人在邮件中跟我说：

You should to change your life and go to see our wonderful world, before that , you need to make a plan。

这一段话，像是种子在破土之前得到了最大的一股力量，只听"啪"的一声，嫩苗见到了阳光，我做了一个决定 —— 走出去。一年的时间里，我转换了城市，更换了工作。在那个时候，我没有像 P 那样可以幸运地听到一句：恭喜你啊，人生又有了新的开始。

朋友们的反应是：

脑子进水了吧，放着大好前途的工作不做，竟然换行业了。

积攒多年的人脉和资源，换了城市一下子就没啦。从头开始是很难的。

再过几年，你就 30 岁啦，守好稳定收入的好工作，找个人结婚才是正事。

我毅然任性地坚持了自己的选择。因为我想要改变，去追寻心中想要的生活，做更快乐的事情。

我从一个几十万人口的小城市，来到了一个千万级人口的超级大城市。我从一个收入可观的工作，转到一个比这个城市基本工资多几百块钱的工作。从一个说起来高大上的外贸行业，投身于一个说不上有什么发展的和读书有关的工作。

在刚开始几个月的时间里，新的生活没有给我带了多少新鲜快乐，更多的是纠结和挣扎。我每天在人潮涌动的城市之中努力寻找那么一点点的存在感。

这种感受，就像是《我是演说家》中一个叫马丁的选手的演讲一样。他在最新的一期演讲里说到他从一个大学老师转到自己喜欢的主持人岗位，从月薪一万多到四千块钱，从每周工作 16 小时变成每天工作 16 小时，称呼从马老师变成小丁子。

马丁在演讲中说："这一切痛苦的改变，只因为我愿意。我愿意每天早上起来不赖在床上一秒钟的感觉，我愿意每天对生活充满期待。我愿意每天累得像条狗，但依然能笑出来的那个样子。因为我在实现梦想，我在一步步地接近它。"

那个时候的我，也跟演讲中的马丁先生一样，心里一边忍受着改变的痛苦，一边骄傲地跟别人说："我愿意。"

我这个我愿意的背后，是知道我的方向在哪里。而我愿意也仅仅只是一个开始，真实的生活，并不是你找到想要的生活方式，从事感兴趣的工作，从此就一帆风顺的。

曾经那个爱尔兰客人跟我说，去看这个精彩的世界之前，一定要 Make a plan。马丁先生在演讲中说，在他第一次做新浪的主持人的时候，采访作家刘墉先生。两天的时间，他读完了刘墉先生写的十几本书，写满了三张 A4 纸的问题。

是的，做主持人是他的梦想，但是，梦想的实现并不是你站在台上采访了别人，而是你如何去实现你梦想的价值。

在短短的演讲中，马丁先生没有详细讲述在实现梦想的这条路上，他是如何从“跪着”到“展翅翱翔”的。但是我相信，这必定是一个有计划有方向的过程，它不是一个靠喊喊口号就能做到的。

Make a plan 也是我在做着自己想要做的读书工作的第一步。

在整个第一年时间里，我周末从来没有休息过，所有的空闲时间都是用来看书、了解行业动向、参加城市活动、去拜访每一位和我工作有关的老师。去参加其他同类型跟读书相关的活动，观察别人做的成功活动的优秀之处。在这一系列的学习中，逐渐建立本组织的管理体系，形成独有的工作流程。让读书这个工作变得更有意义更有趣。

我在做这些工作的同时，也不断地加强自我学习的建设，在追求那个所谓梦想的状态 —— 想要在生活和理想的工作中，找到真正的热爱的部分。制定可量化的、能实行的、易坚持的方向和计划。在把本职工作做好的同时，我成了一个书评人、专栏作者，写了人生的第一本书。

在回忆完我的这些经历后，我跟 P 说，如果非要说一些建议的话。除了说些鼓励的、类似于人生有了新开始之类的话外，真的还有很重要的部分要说，那就是确定自己想要的生活和工作在哪里，然后再 Make a plan。

在我们生活的时代，提倡梦想、鼓励追求想要的生活、改变故步自封的自己，这些念头太容易产生。每个人都向往远方，当然敢于迈出第一步已经非常勇敢。然而迈出改变的第一步，并不代表着你走向了成功。去实现梦想和想要的生活，最重要的一定是接下来的行动和计划。

梁启超先生在读《管子》后，写《管子评传》时说：凡大人物之任事者，必先定其目的。三日於菟，其气如牛，江河发源，势已吞海。《大学》里也有说：物有本末，事有终始。

梁先生所说的目的，《大学》里说的始终，都在说明我们在做一事件前，一定要有一个“终”的定位，才能以“始”出发。举个通俗的例子，就是如果你想要从深圳去北京，你得先知道北京在哪里，离深圳有多远，你有多少时间和多少钱过去，才能决定你是坐飞机还是坐火车，或是骑单车去。

如果没有这些前提条件，你想要改变现在生活，实现心中的梦想，达到想要的生活，那也是两眼一抹黑地瞎走，就算动身了，也是徒劳，反而会消耗自己。

对于一艘没有方向的船来说，任何方向的风都是逆风。这个比喻放在这个时候说，再恰当不过。

而当你确定了梦想的方向，无疑是给你的梦想之船装上帆，便会一路畅通到达彼岸。

舒适区里除了舒适，一无所有

文 / 紫健

这几个月，我在老家坐月子，妈妈笑言：“你这是高中毕业后在家时间最长的一次。”

谁说不是呢？高考后，我飞去了南方上大学，每年回家两次。去美国读了研究生，每年才回家一次。长大后，家逐渐变成了一个假日才回的“旅馆”。

小雪球满月后，每天趁他睡着或者安静了，我都会抽空出门溜达一小会儿，我边走边看这座宜居的海边小城，蓦然间很有感慨。

很喜欢这里的冬季，尤其是天色渐晚时，公园前的雕像在夕阳的映照下有了些渺茫的历史感。

玫瑰灰的天边云层，星星点点的街灯，行人表情平淡，生活一如既往，夜幕漂流而至似潮水。突然觉得，这里居然如此惬意舒适。

我习惯性地从小区沿着路往前走，这一段长长的路，纵贯南北，会陆续路过我读过的两个小学和一个初中，也连接着这些年住过的两座房子，如果不曾离开，好像这20多年都只会在这条路上来来回回，穿梭不息。

步行三分钟就可以到的澡堂，前台的阿姨总是很熟悉我要选的浴种，有时居然还会记得我离上一次来隔了几天。

偶尔忘带钱也没关系，只要下次去时补上就好。记得以前楼里的邻居每次看到我都会问一句：“放假了啊。”每次我都笑着点头。

以至于后来，我结婚，我有了小雪球，再遇到，他还会这么问，好像印象中，我依然是那个只有放假才回家的小女生。

以前放学后都会在学校旁的小卖部买各种烤串，以前10分钟的上学路总觉得是一段很长的距离，以前和闺蜜在环球广场周围逛饰品店，一家一家看不够，仿佛一段时间不去就会错过很多新玩意儿。

可前几天，我又走进去了，那里的饰品店像花朵一样开了又败，本想去买双手套，可发现里面改成了外贸服装，本来再想去小餐馆吃碗8块钱的石锅拌饭，可发现里面的客人很少。我愣了很久，最后在回来的路上用手机在淘宝下了单。

街上的咖啡厅和蛋糕店一家挨着一家，可初中时的我能想到的最梦幻的生日，却是在肯德基，因为有滑梯可以攀爬，有漂亮和善的姐姐带着我们玩游戏，有很多可爱的小礼物。

也是初中，我和妈妈第一次去上海，那时在繁华的南京路上走着逛着，路过一家哈根达斯店，一个冰激凌球要50块，想来想去还是走过了。

去美国后，当我看到超市两美元的冰激凌摆满货架时，当我再也不好奇它的味道时，当我尝过无数比它更好吃的冰激凌时，才觉得时光匆匆，恍如隔世。

几天前又路过时，一下买了四盒抱回了家给妈妈，现在，它好像成了大海里的一滴水，可以前，它分明是沙漠中的一涌泉啊。

15年前，第一次拿着几大本厚厚的曲谱独自坐公交车去学钢琴，第一次在老汽车站后面的平房画室里学画画，明明很冷的冬天，屋里还没有暖气，可是和小伙伴打闹着互相玩着调色盘，每个人脸上也就都有了红色的盈彩。

画室外面永远有一个卖爆米花的老爷爷，每次课间休息我们都结伴在他面前看很久，闻闻乍然涌上的甜香，然后在要发出“砰”的一声巨响前比比谁跑得快。

记得怀孕后期回来的时候，和老公常常沿着海边散步，我们不知不觉就走了很长的路，看着美丽的海景，偶尔有旅行团在集结拍照。看着他们看到海的兴奋，仿佛想到了当时在陌生城市发现美景的自己。

“要不在这买个海景房好了，又舒服又不会堵车，不像北京。”他半开玩笑地说。

“还是算了。”我答。

作为美食爱好者，我心里第一个想的是如果想吃个日料或者西餐，这里哪有正宗的啊，不像在北京。

扪心自问，年轻时心里最想要的，还是大城市才能给。这几年，我待过，或玩过的大城市，从北京到纽约再到东京，虽然大家步履匆匆，但那里像个巨大的万花筒，有最正宗的各地美食，最棒的演出，以及最有趣的人。那里闪闪发光的瞬间俯拾即是，而我，还远没有生厌。

是的，只有那里，有我从不会落空的期待。那些期待，一触即发，经久不息。

美国的课堂上，同班同学中有事业有成的大哥哥，有去过几十个国家游学过的乐天派，还有生完孩子毅然又重回课堂的姐姐。

他们仿佛都在告诉我，人要有所成，就一定要跳出你的“comfort zone”。不仅要脱离舒适区，还要有打破常规的勇气。是啊，古文里不也早就有“生于忧患，死于安乐”的说法吗？

其实，不是说小城市不好，也不是不想安逸。只是这样的地方，好像只适合偶尔回来放松，却不太想一直在这里奋斗。舒适区，有时除了舒适，真的一无所有。温柔、体恤，却无法成为你充满斗志的理由。

我很感谢父母，从小到大，家里都是比上不足比下有余，没有大富大贵却也衣食无忧。更重要的是，他们每次在我有个想法和决定的时候都能全力支持。

去远方，不问前程。只为了多一个选择的自由。也为了当有一天，遇到不太顺心的事情时，会自然而然在心里说，不是这世界不好，只是你见得太少，只是你还没有见过最好的。而后依然会尽全力，也坦然接受结局。

年轻时，之所以不顾一切去看高山大川，天光云海，遇见一切的不寻常，不过也只是想证明：即便我看过了最蓝的天，最清澈的云，最澎湃的海，这些世间如此瑰丽的美景，才会有更有底气地说，我更愿意留在哪里，以及留在谁的身边。

《南史·宗炳传》说南朝有个叫宗炳的人“好山水，爱远游，眷恋庐、衡，不知老之将至”。于是“凡所游履，皆图之于室”。他把印象中游玩过的景色风光统统执笔画下来，挂于家中，以示亲友或自赏回味。无独有偶，画出过《日出·印象》和《卢昂大教堂》等开阔场面的莫奈，最终也买下一处花园，每日信笔画画自家的睡莲，终成为一种晚年的乐趣。

曾经，我很羡慕他们的画风和阅历，以为画中的闲适与境界是那样遥不可及。而现在我好像明白些了，正是因为他们荡气回肠过，才会有最美的平凡。这不单是一种选择，更是一种能力。

而选择本身就是种能力，你有做选择的能力，才有移动的能力。我一直很佩服我的叔叔婶婶，早年去美国读博，而后留下打拼十几年，终于有了自己想要的生活。

他们再闲也没有忘记读书充电，再忙也没有忽略对孩子的教育。其实，我坚信他们如果回国，也一样会生活得很幸福，因为决定他们幸福的不是地点，而是他们给予自己幸福的能力。

作家常远说：“无论移往国外，还是回到国内，能在国界线间来去自如的人，是因为有着说走就走的资本与筹码。”清楚你想要的到底是一种怎样的生活，然后为了它而努力。清醒着，处处家园；迷茫着，无以为家。

说到底，少年得志也好，大器晚成也罢，最怕的，是浑浑噩噩。而这所有的判断标准，能且只能在自己心中。

我想，我也会喜欢在家乡这样的城市终老，但现在，我还是想离开舒适区，离开这个本身熟悉的环境。那让人永远慌张不起来的样子，不太适合我尚有的一点野心。

一年将尽夜，风雨夜归人。愿你们一生努力，一生被爱，想要的都拥有，得不到的都释怀。

我是如何用定位找到我的人生职业的

文 / 牛魔王

钱德勒在《漫长的告别》里有一段话：

你知道，故事的结尾并不重要，生活唯一确保我们的就是死亡。

所以我们最好不要让那结尾夺走了故事的光芒。

7 岁时，我从我们村家里最有钱的女同学那儿借到一本书：《格林童话选》。

我的妈呀，世界上怎么会有这么好看的故事书啊，我吃饭也看，走路也看，脑袋在树上撞了一个包都顾不上疼。

因为我答应同学，第二天就还给她。

那时，我还不知道“书非借不能读也”这句话。

从那起，我疯狂地迷上了看书，各种书，家里只要带字的纸，我统统都不放过。

8 岁看《水浒传》，那么多不认识的字，我都念成“叉叉”。厚厚的一部书，我不知念了多少个“叉叉”。

9 岁时，舅舅买了一套《天龙八部》，金庸老爷子将我带进一个梦一样的世界。我抱着大理段誉和丐帮萧峰，去玉米地里看花生，不小心掉到河里，差一点儿送了小命。

10 岁时，我已经将远近周围能看到的书，全部看了一遍，将二姐的初中历史课本都当故事书看了两三遍。

青黄不接的时候，甚至还跟一个偶然相识的邻村小姐姐借了《三言二拍》中的一本，囫囵吞枣地看完。依稀记得里面有不少虽然不大懂却令人脸红心跳的少儿不宜段落。

至今还记得，小姐姐长了两只可爱的兔牙，一说话就笑眯眯的。

老师在课堂上问，你长大了想做什么之类的话题，我的回答是：作家。

再长大就甭提了，三毛、琼瑶的大作都被我包在课本里，藏在课桌抽屉里，吃掉了。

吃书，小时候看书真的就是吃书，没有课外书读的日子，简直就跟坐牢一样难熬。

有一次，英语晨读课的内容是小马过河，我抱着三毛的《梦里花落知多少》哭得稀里哗啦。上午第一节课老师点名抽查，我吓得胆战心惊，赶紧拿出英语书临阵磨枪。没想到，我刚看完，老师就抽到我，我竟然从头背到尾，一字不漏。

坐下来，还偷偷抹了一把冷汗。

记忆力、理解力和阅读速度，就是那样训练出来的。

高中会考的前一天，别人都在啃书，我还在看巴金的“家春秋激流三部曲”。

整个高三，别人都在拼命，我还丢不下课外书，《平凡的世界》《宋词选》、金庸、古龙……学校图书馆里的书，我基本上全看过。

因为失眠，每天晚上，我 9 点钟就早早回宿舍上床睡觉，早晨 7 点还赖在床上。班主任都着急得不行，早晨跑到宿舍把我从被窝里揪出来，你看看别人都在干吗，你怎么还能睡得着?

我是睡不着，所以我才要努力睡啊。

就那样，高考时，我也是我们省里的文科状元，我想这一切都有赖于从小吃书吃出来的底子，记忆力超强。

至今，我常常能说出别人完全不记得的细枝末节，令人瞠目结舌。

可是，我忘记了自己要当作家的梦想，或者也没忘记，只是作家这个神圣的职业令自卑的我感到遥不可及；也或者为了取悦母亲，满足她“学政法穿制服”的要求，我在高考志愿的提前录取栏上填了“中国人民公安大学”。

然而，生活总不会让人轻轻松松就得偿所愿，全省成绩第一名的我却因为视力不过关而被 PASS 掉了。

回乡的长途车上，18 岁的少女默默地哭了一路：为了准备这次面试，母亲戴着老花镜在缝纫机前为她赶制新装；为了准备这次面试，她穿上姐姐送的新皮鞋，两只脚后跟都磨出了血泡……

那个 18 岁的少女，她还不知道，所有的遗憾，都是未来的铺垫。

得不到的永远在骚动，心理学对这种“未完成情结”有个说法，叫“未竟事件”。

那个让你魂牵梦绕的，那个让你多年都无法释怀的，那个在很久以前发生但至今仍旧影响着你的决策和行为的曾经没有完成的事件，就是你的“未竟事件”。

你会不由自主地想要将它完成，给它画上一个圆满的句号。

10 年后，我考上中国人民公安大学的研究生，辞掉常州工商局的工作，背上行囊，来到北京。

我想我是一个执拗的人。

我想我是一个单纯的人。

我想我是一个真诚的人。

我想我是一个理想主义者。

凡是过往，皆为序章。

我完成这个“未竟事件”后，那个深埋心底的作家梦，也渐渐复活，催促我提起笔，向那许多年吃书的岁月致敬。

当你有了想做的事，你就有了痛点，有了软肋。人一旦有了梦想，就成了上帝的人质。

生活不会辜负每一个努力的人。我的文章开始见诸报纸杂志，许多读者告诉编辑，他们喜欢我写的那些朴实感人的小故事。许多朋友看到我的努力，帮我牵线，给我许多真诚的帮助，终于，因缘巧合，我以亲身工作经历写就的《警察日记》一书，由北京大学出版社出版面世，上帝真的为我打开了一扇小小的窗。

人生路那么长，不走到最后，谁也不知道结局会怎样。虽然我还未实现我的作家梦，可是最起码，我曾离它那么近。

所以，你看，奇迹不过是努力的另一个名字而已。

2

闪光

极致的努力让人生更完美

KEEP
RALPH

最好的时光，是让青春闪着光

文 / 李尚龙

1

前些时间我做了个梦，梦里我到了 2060 年，那年，我快 70 岁了。

我坐在一个房间里看着镜子里老态龙钟、头发斑白的自己，怎么也冷静不下来。

于是，我对着镜子说，能让我回到 20 多岁那年吗?

忽然镜子里传来个声音：好。

接着我醒了，睁开眼睛，现在是 2019 年 6 月。

今年我 20 多岁。

感谢这世界，又给了我一次青春。

我起来刷了个牙，打开了我的计划表，画掉了几个没意义的计划，删除了几件无关痛痒的事情，又增加了几个今年想要去的地方。

不等了，未来不一定更好。

接着，我在日记本上写下：

不负时光，努力前行。

这是我的第二次青春，我要再来一遍，不留后悔。

2

这些年，我总遇到怀念过去的人，因为太怀念过去，生活里总充满着后悔：后悔没有做这件事，后悔曾经没有大胆表白，后悔做了这个决定……

后悔个头啊！

明明知道后悔没用，还在后悔什么？

书里写过：被情绪左右的人，终将会被情绪击垮。

行吧，承认吧，我也是其中之一。动不动就会在一个夜晚，忽然想起过去的一段时光，然后抬头热泪满面，然后打开一瓶酒狠狠地喝上一口，后悔自己没有再努力一些，后悔自己没有再大胆一点，后悔自己当年为什么要这么做。

但那个梦后，我开始明白，我唯一能拥有的只有现在，此时此刻，才是一切。

3

一晃，“00后”读大学了，“90后”奔三了。

再过一年，“20后”就要出生了。“20后”看“90后”，会不会像“90后”看“60后”那样？

身边的朋友不是生了孩子，就是已经结婚了。这群“90后”，终于也到了上有老下有小的年纪。

人越到了中年，越能感觉到自己被生活和工作锁死了。

你不敢离开手机，因为随时收到的信息可能是突发的新闻、突然的加班、家人突然的生病和甲方突然的要求。

你开始每天都有应酬，每天都在家和公司之间忙碌，你不知道自己在忙什么，就像你打开朋友圈，不知道在看谁的生活一样。

你越来越难以被感动，一直在微笑却很难开怀大笑，喝着酒有时候也觉得生活在如此清醒地看着你，你开始害怕挑战，努力在独木桥上平衡着一切。

你害怕听到一首过去的歌。

因为你会想起那时你才 18 岁，你无忧无虑，最大的痛苦不过是月考和期末考了，而这旋律，不过是你写作业在 mp4 里循环各种歌。

那时你刚刚拥有自己的小灵通，每天在用 QQ 聊天，喜欢的姑娘头像还是非主流的蓝色短发，她是隐身还是不在线，忽然一声咳嗽的声音，你赶紧打开好友页面。

那时梦想很多也很短，日光很暖也很长。

后来，海没枯石没烂，沧海也没变桑田。人到中年后，只是梦想却不在了，生活两点一线，日子看不到头。令人开心的事变成了挤上公交、地铁、电梯，变成了一个夜晚的好眠。

4

记得一个朋友告诉我，每天早上，他都会在书桌旁，把这一天要做的事情用表格列出来，有时候满满的，全是一定要做的事情，然后一件接着一件完成。家里经常乱得一塌糊涂，就像是一塌糊涂的生活那样，可在外面，还是要穿着西装打着领带，点头微笑弯腰，就像是一切刚刚好。

他痛骂着生活，生活也一直在折磨着他。

这个梦后，我给这位朋友打了一个电话，聊了半天。我问他，那如果再让你活一次，你会怎么做?

他想了想，说，我会多陪陪孩子，多陪陪家人。可是，我太忙了，一会儿再说。

说完，挂了电话。我给他发了条信息，很简单，也很矫情：

如果 70 岁的你，也这么后悔地说：多陪陪孩子，多陪陪家人，现在你会做点什么。

他没回我，但我知道，奏效了。

5

人一旦站在时间的角度去思考问题，很多痛苦也就不存在了。

和时光比起来，许多痛苦才不是痛苦，许多矫情也不再矫情。

假设明天是世界末日，是你人生的最后一天，你会做点什么?你还会恨那些你一直痛恨的人吗?你还会纠结哪个邮件没有发送成功吗?你还会因为什么鸡毛蒜皮的小事难受一天吗?

才不会。

那个朋友很可爱，没过几天，他带着孩子去了斯里兰卡的海边——一个他一直想去的地方。

我以为他辞职了，没有，生活不是极端，非要在辞职和旅行选一边。他把年假休了。

这家伙已经三年没有休过年假了。

他在斯里兰卡给我发了条信息：李尚龙，我要感谢你给我说你做的梦，我要活在当下，谢谢你。

还不忘给我开了个玩笑，说“其实那个梦是我找人给你托的”。

活在当下。多么简单的四个字，做起来却如此的难。

其实，也不难，你去想想时光，你去看看别人的一生，再看看自己的一生。

6

我很久没有被什么事情感动到热泪盈眶了。

直到前些日子，在家里偶然地听到几首歌。都是一些老牌乐队的旋律，许多，都还是刚来北京时听过的地下音乐。他们，终于上了主流选秀节目，旋律响起，我眼泪哗哗掉，终于，越来越多的人在这个夏天听到了他们的歌。

记得刚来北京时，我隔三岔五就去看话剧，晚上没事就去鼓楼附近的酒吧听一曲别人的歌，那时他们还不红，那时摇滚还在地下，那时我还觉得一张门票30多块钱很贵，那时我还觉得几首歌根本不值得花那么多钱。

时间啊，过得真快。

这些年，每天都觉得很累，忙不完的事，回不完的邮件，参加不完的饭局。

却很少能再像过去那样，安静下来回到那个时间，安静地点上一杯酒，听上一首歌，喝上一个晚上，让吉他的旋律围绕在身边，把手放在空中没心没肺地甩着，让头跟着节奏摇来摇去。

岁月如梭，我们都在长大，很多人变了、老了，但幸运的是，总有人还年轻。

他们拥有的青春，就是我们过去的生活。

海明威说，人生最大的遗憾，是一个人无法同时拥有青春和对青春的感受。

当你有了对青春的感受时，往往青春也不在了。

但这些天我也慢慢明白，人没有必要一个劲儿地怀念过去，因为现在对于未来而言，就是过去。对70岁的人来说，你现在就是青春。

你正在书写的，是未来的历史，自己的自传。

不要再执念着，说让自己再活一次。

现在的每天，都是重生。

要珍惜，要拼命，要青春，要燃烧。

有了正确的目标，努力才会更精准

文 / 宋小君

一个女孩向我提出了一个问题，大致是，她在大城市工作了三年，时至今日，工资仍旧没有赶上自己的房租和花销，每逢节假日，自己一个人待着，又常常觉得孤单。

加上父母又催促，与其在大城市受苦，不如回到老家找份工作，在父母眼皮底下，朋友也多些，何必在外面受苦。

女孩想给自己找一个留在大城市的理由，但找来找去又似乎没有找到。

关于“生活的意义”这件事，在女孩身上可以具体为“在大城市工作、生活的意义”。这种意义有时候对我们这些漂泊在一线城市的人来说，就是某种支撑，支撑着我们和糟糕的室友合租，在地铁上挤爆早餐奶，精打细算着过到每个月三十号，逢年过节回家，硬撑着给亲戚朋友们的孩子发红包，被问及在大城市过得怎么样，只能一个劲儿地说好。

去探讨“意义”这种事，说来说去，就会让人觉得虚无。我不知道写一篇文章，喝一碗鸡汤，能不能为女孩当下的处境提供解决方案，但我想起自己遭遇过同样的困境，我仔细回忆了一下。

我大学毕业的时候，面临两个选择：

一个是回青岛老家，跟父母学做生意。父母的生意在本地小有起色，有了基础，就算我做不成一个开疆扩土的大帝，也好歹做个守成之君。

我回到家，有车有房有人照顾，会过得很舒服。

另一个则是，我一个人离乡背井，去上海，做一份月薪三千块的工作，那里一切未知，几乎没有一个朋友。

我年轻气盛，当然是选择离家去远方了，我心中可是有一个完美的诗意世界。

第一年，心中坦荡荡，凡事都新鲜，少年心境，根本不知道什么叫苦。

第二年，工资有小幅上涨，依然不够花，想要满足一下自己的口腹之欲，要先看看钱包。看着同学们在老家混得越来越好，同龄人这个创业了，那个拿到 A 轮融资了，这个火了，那个已经爬升到需要我仰望的高度了。而自己还在格子间里低头看稿子，在合租屋里盖着被子想姑娘。周五下班后的黄昏，路上车水马龙，那就是我怀疑人生的时刻。

没有人知道我还要多久才能混出头，不说混出头吧，至少先实现经济上的自由吧。

我就像一只靠着血气之勇猛闯迷宫的小老鼠，没有上帝视角，分不清哪个拐角是坦途，那个拐角是死路，只能硬撑着，好在还年轻。

第三年，工资再一次微调，对不起，一夜暴富的可能性不存在，收入仍旧没有起色，滚滚红尘和我没关系，我只是大城市里众多寂寞灵魂中的一个。无论从哪个层面上来说，混到第三年，自己似乎都一无是处。

又是一个周五后下班的黄昏，我面对着路上的车水马龙，我动摇了。

要不就回家吧。

回家多好，至少能在父母打拼半生的基础上开始建筑，说不定，用我学到的那些还不知道能不能派上用场的知识，那些这几年在大城市所谓的见识，把家里的生意做得更大一点，到时候也大小是个老板。

我又想了，你知道我老爱想嘛，我来分析一下我回到老家之后的整个人生。

我做着我爸喜欢，但我不喜欢的生意，每天和机械、装饰材料、不锈钢打交道，和客户讨价还价，去讨要工程款，对自己的员工负责，给他们更好的福利、待遇。

空闲时间，我可以继续我自己的爱好，我在办公室里看看书、写写东西。看的书可能很多都是畅销书，写的东西可能大都是一些牢骚。

然后，到了年纪，按照“男大当婚”的规矩，我要开始考虑婚姻大事。朋友圈有限，初恋已经结婚，大学喜欢的女孩远在他乡。

那怎么办？自己谈不到合适的，就别怪父母操心了。

于是我相亲，动用几乎所有的关系网，包括来推销保险的小张，客户刚刚毕业的女儿，同学婚礼上同学妻子给介绍的闺蜜。

遇到真爱是小概率事件，挑肥拣瘦亲戚们还会觉得你不靠谱，父母又天天催促，终于有一个还算不错的，一咬牙一跺脚，行啊，那就将就着吧，不敢说多喜欢，至少不讨厌，10 年后，色相没了都一样。

然后结了婚，以迅雷不及掩耳之势生了孩子，然后身体发了福，做着生意，养活孩子，操心孩子的学业。

当然心里还是有个远方了，想要写作，但孩子早上要早起上学，晚上要辅导功课，家里有柴米油盐。

努力把这些事情办好，男人嘛，还能被这些小事情难倒了？

深夜给妻子交完了公粮，觉得自己荷尔蒙越来越少，想要坐在台灯下写点什么，一肚子东西要写，但真下笔了，好像又不知道要写点什么。

终于，琐事萦怀，人还是得务实，放弃了，不写了，把自己毕生的梦想寄托在孩子的身上。

我看到了自己的后半生，不能说惨，甚至可以说已经是不错的生活。但我活得并不开心。

我自然忍不住想，我来大城市是为什么来的？

我想了想，我还是一个有追求的青年，我想做一个作家，想靠写作养活自己，想靠写作成就一番事业。

我出来工作了三年，很努力，但是没有人承诺你，到第几年你的事业会有起色，到那一天，你的另一半会突然投怀送抱。

实现理想这种事情，毕竟不是线性的，不一定跟时间成正比。

西方有句谚语，说，没有一滴雨会认为自己造成了洪水。

这都是一个带着贬义的说法，但我不这么觉得，我反而觉得，这样的说法里藏着某种可能性。

在这个世界上，我们会普遍认为，我就是一滴雨，洪水那么大的事儿跟我有什么关系呢？

但仔细想想，每一滴雨水还真都是洪水的组成部分。

拳法之中有个词叫“蓄势”，通俗一点说来叫“憋”，当然憋久了也可能憋坏了，不一定就能引起大洪水，但是不憋，则完全失去了破坏的可能性。

其实，我们努力的因由，生活的意义，并不是虚无缥缈的东西，说穿了就是，通过自己的坚持和努力，给生活多一些可能性。

这种可能性的珍贵之处，就是在于它的不确定性，你一眼看过去，看不到 30 年后的自己，也不知道自己是把世界变得更好了，还是更坏了，甚至不知道多年以后你回忆起自己的决定会不会后悔。

但未知的可能性包含了许多，成了，我应得的；不成，至少我试过了。

所以，第三年我没有离开上海，我选择了留下来。没有什么多么高尚的理由，我就是看到了当初要是回老家之后，30 年后的自己，过着怎样的生活。

那不是我想要的。

我们漂在大城市，去还是留，关键还是在于自己想要什么样的生活。

留下，不一定值得敬佩。

离开，也未必就是妥协。

做一滴雨有一滴雨的快乐，做一万分之一的洪水，有做一万分之一洪水的快感。

人生这种私人物品，可以听大多数人的意见，但一定要自己做决定。

问问自己，是想要求稳舒服的人生，还是想要更多的可能性吧。

先不说了，我要去冲垮下一座挡路的山峰了。

成功的人，是如何投资时间的？

文 / 婉兮

1

记得第一次面试时，HR 问我：“你平时喜欢做什么？”

天真无知的我不疑有他，便兴致勃勃地说开了自己的爱好：“我喜欢看电视剧呀，最近正在追《步步惊心》，好精彩的……”

HR 面带微笑听我说了半分钟后做了个暂停的手势，便开始喊下一位。

我明白自己已被 PASS，但仍然心有不甘，忍不住站在门口偷听。同样的问题，却听另一位身着职业套装的女孩从容地回答道：“业余时间我比较喜欢阅读，除了专业书籍，对历史和金融也比较感兴趣。”

傻站在门口的我这才恍然大悟，原来 HR 知道，一个人的真正面目与价值，在他无事可做时最能看得清。

时间过了三四年，到了我已为人妻的时候，我告诉办公室里准备相亲的年轻女孩："要判断他是否有潜力，观察他下班后都做些什么就好了。"

这是过来人的肺腑之言，因为时间是世上最公正无私的东西之一，你怎样打发它，它就怎样打发你，毫无商量余地。男人十年八年后的光景，大致可以通过他消遣的方式来预测。

一个没事就打游戏玩手机的男人，在能力与责任心上，通常会输给爱读书学习的人。

一个常常把自己扔在酒吧歌厅醉生梦死的男人，体魄与精力肯定也不如驰骋篮球场的运动健儿。

这不绝对，但可用作通行的识人之道，男女皆宜。

2

大学时，头发花白的老教授在入学第一课上提出了一个闻所未闻的观点，得闲暇者得天下。

我们刚刚从高三的题海里逃脱出来，心里正如脱缰的野马一般重获自由的喜悦，因此这句话只被少部分人放在心上。

毕业后回忆起来，才猛然发现老教授的用心良苦，因为大学里的闲暇时间是猛然多起来的，习惯了被安排着学习的我们，大多会在入学之初产生或轻或重的迷茫，迫不及待地需要一些事情来填补光阴的缺口，俗称打发时间。

有人去往图书馆里的知识海洋，有人厮杀于电脑里的刀剑江湖，有人沉湎于小说电视剧的风花雪月不可自拔……四年后命运迥异，境遇截然不同，也不过是种瓜得瓜种豆得豆的结果。

当年有位酷爱电影的学长，闲着没事时，他找了许多经典影片来看。不同的是，别人看故事，他看情节推进和剪辑手法。

这位学长大二开始集合一大班志同道合者捣鼓小电影，没课时就晃荡在学校各处取景拍摄，晚上又熬夜剪片子做字幕，闷声不响地就在某个比赛中拿了大奖，火了好一阵儿。

可随后的人生并没有什么改变，他依旧苦哈哈地筹集剧本和拍摄，把别人打游戏喝酒的时间都用在了拍摄和后期制作上。他连续拍出了好几个不错的片子，毕业后如愿进入电影行当，现在是一个新锐导演。

他为自己打开了另一扇窗，但也有一些人，离开校门时两手空空，年岁虚长而一事无成。这一类人，大多爱好看剧追星，游戏嬉闹。只等闲白了少年头，空悲切。

适当有度的娱乐和休闲是必需的，不必需的是无休止的光阴虚度。因为空闲时间的把握和利用，就是你与他人拉开差距的关键所在。

3

据说最值钱的时间，是工作之外的 8 小时。

但在很长一段时间内，下班回家的我都是一副“葛优瘫”的要死不活样，爬起来吃完饭又陷入沙发的温柔怀抱，吃薯片看韩剧，很快就到了睡觉时间，结果便是越来越胖，越来越懒。

某天看到朋友圈的一位大姐发了一段话：8 小时内求生存，8 小时外求发展，剩下的 8 小时就好好睡觉。

我跟她是拍婚纱照时认识的，点赞之交都谈不上，可那句话引起了我的兴趣。我点开了她的朋友圈，看到的是她仔细写着的读书心得和练瑜伽的照片。

隐约记得这位大姐谈吐得体，身材苗条，和丈夫一起来拍照，纪念结婚 20 周年。她学刘嘉玲，穿着当年婚礼上的旗袍来拍照，细细上了妆，依旧千娇百媚，不见一点臃肿和苍老。眼角眉梢那些若隐若现的细纹，都是岁月沉淀下的温柔宁静。

当时我便暗自称叹，却不好意思请教保养之道，还好随手加了微信，能够通过朋友圈里的点滴窥得一二。

这才发现保养秘籍不外乎坚持二字，身体与心灵的青春永驻，靠的都是 8 小时外的坚持不懈。由内而外的气质散发，才是美人不怕迟暮的真正原因。

可现实中的许多女人，结了婚就会由珍宝变成死鱼眼，有人把原因推到家事烦琐上，却常常自动忽略了自己东家长西家短闲话是非的时间，也总是对家务间隙里抽出空来考证读书的女人视而不见。

我见过工作、出书两不误的才女，也见过年华消逝里渐渐老去的平庸红颜。生存之外的 8 小时，可成就美丽、可创造业绩，也可能一事无成，而这大都取决于你下班后做了什么。

时间才不管你贫富贵贱，你报之以木瓜它才投之以琼瑶，报之以汗水它才还之以珍珠。

把时间打发在书本里，得到的是腹有诗书气自华。

把时间打发在健身上，得到的是八块腹肌或 A4 腰。

把时间打发在琴棋书画中，得到的是温润如玉、风度翩翩。

把时间打发在麻将闲话里，得到的就是日复一日地光阴蹉跎。

有人在升值，也有人在贬值。时间是最公平的裁判师，它清清楚楚地记录着你现今的一言一行、一举一动，会在或近或远的未来，将你的选择化为结果如数奉还。

并非教你压榨自己，也不是劝你放弃自己的生活，因为打发时间的正确打开方式，永远以内心的满足和安宁为根本出发点。

你看古人秉烛夜游、读书消得泼茶香。简简单单，但意味深长。

而现代人喜欢把“无聊”两个字挂在嘴上，手机很好玩、啤酒很好喝、电影很好看，打发时间的法子越来越多，我们却越来越空虚失落。

或许是你还不知道，打发时间有下面三个原则可以参考：

一、适可而止

有些生理快感简单易得，但后患无穷，比如吃喝玩乐，用这一类活动打发时间时，请谨记适可而止，过犹不及。

二、控制自我

能让人上瘾的东西，需要你的自控力和平衡力来保证生活不因它们而失衡。打麻将也好，玩游戏也罢，控制不住节奏，被消遣的就会变成你。

三、劳逸结合

我们的精力有限，舍不得休息往往会得不偿失，而被工作绑架的生活，根本就算不得好。因为人生，本就需要一些适当的光阴虚度。

人人都有一个接一个的24小时，这是世上最公平的分配。差别只在于有人郑重相待，有人草草打发。

比你优秀的人，其实就是比你更懂得与时间打交道的人。因为时间把流年暗换，也把我们的未来一步步铸成。

孤独，是你最好的增值期

文 / 十三夜

1

我和 H 君是在公司活动上认识的，说来也巧，他误打误撞担当了主持人的角色，明明是翩翩少年郎，却一身西装革履故作老派的模样，彼时，我被临时指派承担礼仪小姐的角色，为颁奖嘉宾老师递颁奖证书。

许是走近前台，我清楚地看见 H 君一脸认真地用笔在修改纸质版主持词，那一副置身于喧闹的会场，却无比专注的模样……令我不得不思考，北京总部指派过来的小哥哥，身上到底有什么十八般武艺？才足以工作没几年，却能一个人活成一支队伍。

我想，可能是我的目光太过真挚，H 君迎上我的目光并微微一笑，不知道为什么，那一刻，我忽而觉得我们都很孤独。

看似光鲜的一刹那，背后却是长年累月坚持下来的自律。

没有人知道 H 君为了能够把主持词记熟，一遍又一遍在台下反复删减修改，也没有人知道那一天，我得体的妆容，是牺牲早上的睡眠精心打理而来的。

后来，H君告诉我，北京的工作，时刻需要加班和无比专注，所以，但凡遇到公司大型活动，结束之后，他都会一个人找一家品位不错的小酒馆，点一杯酒，与吧台前的调酒师聊聊天，放空一下自己。

他说，他经常一个人上班，一个人下班，一个人喝酒，一个人看电影，一个人吃火锅，除了孤独的最高级别一个人动手术，其他的，好像都一一体验了。

身边一些不太理解的人，还以为H君不合群，喜欢独自喝闷酒，其实，H君不过是需要补充自己的能量，以维持自己能有一个稳定的状态，全身心投入战斗。

2

为了合群，我们不知消耗了多少时间，殊不知，孤独才是一个人最好的增值期。

大学的时候，我有一个同专业的学姐，她是他们班里第一个考过英语四级的。教授的专业课，其他人都在玩手机，偷偷睡觉，而她却拿出备用的笔记本，认真记笔记；自修课的时候，其他同学都偷跑出去喝啤酒吃烧烤，学姐却拿着一本英语习题在刷题；每天早上，当其他同学还在被窝里与周公约会时，学姐已经洗漱好了，一边晨跑一边戴着耳机听英语口语……

当英语等级考试来临的时候，其他同学不是迟到，就是忘记带笔，而学姐却头一天备好了文具袋。

考试结果出来了，学姐考过了，而那些没有考过的同学，不过是用本来就是二本大学，大家考上来的英语基础就不好，哪里能跟那些 985、211 重点大学的优等生比较呢，诸如此类的理由，来掩饰自己的不努力。

大学毕业参加国家公务员考试的时候，学姐一次备考就考上了，而那些没有考上的同学，他们都说，是学姐运气好，大学四年，学姐常常被身边的同学说是性格孤僻，不合群，一起去KTV唱歌的时候，没有学姐，一起去吃火锅的时候，也没有学姐。

总之，常常成群结队的事情，好像学姐都在缺席，可正是那些孤独累积起来的努力，让学姐如愿以偿的拥有那一份命运馈赠的锦鲤。

3

作家余华的小说《在细雨中呼喊》里，有一段话令我至今印象深刻：

“我不再装模作样地拥有很多朋友，而是回到了孤单之中，以真正的我开始了独自的生活。有时我也会因为寂寞而难以忍受空虚的折磨，但我宁愿以这样的方式来维护自己的自尊，也不愿以耻辱为代价去换取那种表面的朋友。”

生活里，有许多人，总是因为害怕别人说自己孤僻才选择社交，才去牺牲自己独立的精神时间，才会让自己在声色犬马里狂欢如坐针毡。

我记得，我以前也拥有很多朋友，那时候，青葱岁月，大家都喜欢手拉手，一起去操场做广播体操；一起手拉手，去小卖部买冰激凌；也会在难过的时候，大家彼此陪伴，互相倾诉自己的心事；也会在一起吐槽隔壁班的小哥哥帅不帅，哪几个小哥哥考试又上了光荣榜……

可时间有时候就是这样匆匆如流水，岁月好像也不会因为你的留念对你格外相待，而我们也就这样各奔天涯了。

曾经玩得最好的小伙伴，已经有了合适的爱人；隔壁班那个最帅的男孩也已经娶妻生子；曾经那个躲在班级里一言不发的同学也变得自信，在工作岗位上做得很好；而我，也离开了那个小镇很多年了。

我靠自己的努力，租了最舒服的房子，房间虽然小，却布置得很温馨。

下班的时候，看到在卖花的奶奶，我会给自己送一束向日葵。

会等待清晨里的第一束光，让我开始新的一天。

长大是一个孤独的过程，那些曾经邀约好要与你一起同行的人，可能在半路就离场了。

可那又有什么关系呢？

想要摘星星的孩子，孤独本来就是最好的必修课。

适度脱离群体，学会和自己相处，不也很好。

4

叔本华说：“一个人只有在独处时才能成为自己。谁要是不爱独处，那他就不爱自由，因为一个人只有在独处时才是真正自由的。”

孤独，是一种最本质最昂贵的自由，当我们真正拥有了孤独，我们也开始拥有了真正的自我。

真正的平静，不是避开车马喧嚣，而是在心中修篱种菊。

成长，就是先学会与孤独握手言和。

正是孤独，让我们变得与众不同，也更加出色。

后来，有人问我，你怕孤独吗？

我说，我总是想起那段话：

“后来许多人问我，一个人夜晚踟蹰路上的心情，我想起的却不是孤单和路长，而是波澜壮阔的海洋和天空中闪耀的星光。”

那时的我，总是热泪盈眶，为年轻，为孤独，为梦想。

人生，不过是一个自己说服自己，自己看见自己，自己给自己幸福的过程。

唯有学会孤独，才能真正拥有独立的生活。

愿你拥有大风和烈酒，也能享受孤独和自由。

想要嫁得更好，首先让自己完美

文 / 玉珊珊

1

说起来也许很多人不相信，我人生的第一次相亲是在 23 岁，刚脱离学生的身份不到一年的时候。

相亲对象是我堂姐介绍的。对方是广州本地人，父母做进口贸易的生意，他刚毕业创业，父母就给了他一笔资金，在广州繁华的地带开了一家西餐厅，而且经营得还不错。

这样好的条件，用我们老家的话来说，是打着灯笼也找不到的好人家。

相比之下，我的家境可谓惨淡。

父母老实巴交地当了一辈子菜农，靠着微薄的收入养活着一家子。家里姐妹四个，除了我多读了几年书，上面的两个姐姐都是读完初中就出来打工了。

能遇到条件这么好的相亲对象，就如同闭眼走路捡到了钻石。

身边的亲朋好友都说我走了大运。

堂姐给我打了好几个电话，劝我说 23 岁的女孩子拥有年轻的资本，趁着年轻漂亮，应该在有更多更好选择的情况下尽早出手，如若相亲成功了，至少可以少奋斗 10 年。

光是听着，就让人心动。

其实也是有前车之鉴的，与我同村的一个同龄女孩，就是在堂姐的介绍下，嫁给了一个家境殷实的、服装批发行业的老板。

说是虚荣心也好，想攀高枝也罢，吃过贫穷的苦，一个农村姑娘心底里想嫁一个好人家的欲望，比任何人都来得强烈。

那个时候我也觉得，一个女孩子最好的归宿，莫过于嫁一个好人家。思来想去，还是按捺不住自己躁动的心，答应了这次相亲。

相亲的时候，两家人是在一家酒楼吃的饭。但是我相亲的对象本人没来，来的是他的父母。

明明是相亲，但相亲对象却没来，怎么想，都觉得对方不够尊重人。那一刻，我的内心是感到极度尴尬和不舒服的。而且在双方家世如此悬殊的情况下，不知不觉就觉得自己矮了半截。

尽管对方的父母多次向我解释他们的儿子因为工作忙而缺席，甚至流露出了很好的涵养，没有表现出一丝一毫嫌弃我的意思，但在那一刻，我依然有了一种像被摆上桌面的商品，被人盯着，打量着，仿若扒光衣服似的尴尬。

我至今仍记得对方的父母询问我的学历和工作时，那眉头微皱的眼神。

不知为什么，我内心突然就涌出了一丝委屈和羞耻。

回来的那天晚上，我莫名地哭了一场。

为自己的不争气，也为自己想通过这样的“捷径”，从而将自己的人生交付给他人的做法，深深感到羞愧。

2

那次相亲，成了我内心深处的一道疤痕，同时也像当头一棒打醒了我，让我开始重新审视自己——23 岁的我，学历不高，做着一份普通的文员工作，谨小慎微，除了年轻，一无是处。

我不停地问自己：如果依靠年轻漂亮的资本去绑定一场婚姻，我会得到什么?

我能得到的也只是短暂的物质和金钱上的满足。

但是，我失去的，会更多。

比如我把自己当成了待价而沽的商品，丢掉了自己的自尊。

这一年，我深深地明白了一个道理，一个女孩，若想在相亲的谈判中获得尊重，无论哪一方面，她都应该是与对方势均力敌的。

但是 23 岁的我，真的是我人生最落魄的时候。初出社会，没有积蓄，工资少得可怜，月光族，人生没有方向。

我一个朋友说在你单身且没有积蓄的时候，读书是花最少成本让自己增值的最好方式。

我迫切地觉得自己应该做出改变，不想通过攀附一场婚姻，而将自己的尊严放低。

因为朋友的一个建议，我一头扎了进去。这些年我读了很多书，关注了很多关于读书和旅行的公众号。一开始我处于完全看不下去的状态，因为相比读书，我更喜欢追剧和看言情小说，但那段时间，我狠心卸载了很多娱乐 App。

渐渐地，我在读书中找到了乐趣，因为享受文字带来的乐趣，我想到了输出，于是报了网上的写作培训班，开始学着写一些文章，也因此得到了一些额外的收入。

知乎上曾经有人问过这样一个问题，大意是说：我们看过的书，大多数看过就遗忘了，还有意义吗?

底下有个很高点赞的回答——我们长这么大，吃过的饭，喝过的水，大多都排泄出去了，但是我们有了现在的骨与肉。

3

随后的两年，靠着自己的努力拥有了一笔积蓄，开始出去旅游。当那些以前想看却因为没钱无法观看的风景被我一一走过，心里莫名就觉得有了底气。

旅行的途中我遇见了很多不同的人、不同的事，我的眼界好像一下子打开了，原来这个世界上，除了结婚生子，还有另一种更精彩的人生。除此之外，我的抗压能力，以及处事应变的能力也得到了很大的提升。

正如电影《罗马假日》里有一句台词所说的那样：要么旅行，要么读书，身体和灵魂必须有一个在路上。

唯有不断进步和自我增值，你才不会因为年龄的增长而惧怕自己不再年轻嫁不到“好人家”，也不会因为对方家世比你好，从而心生怯意，变得失去自我。

这是我深漂的第五年，随着年龄的增长，目前不是被催婚，就是在被安排相亲的路上。

在被催婚的这段单身时光里，从读书到旅行，从想也不敢想，到有了诗和远方。

尽管我没有一夜暴富，只是做了一些很小的改变，但我始终在努力奔向更好的生活状态，也遇见了内心更丰盈的自己，有了奔赴未来的信心和底气。

法国作家波伏娃在《第二性》一书中写过这样一段话：

男人的极大幸运在于，他，不论在成年还是在小时候，必须踏上一条极为艰苦的道路，不过这是一条最可靠的道路。

女人的不幸则在于被几乎不可抗拒的诱惑包围着，她不被要求奋发向上，只被鼓励滑下去到达极乐。当她发觉自己被海市蜃楼愚弄时，已经为时太晚，她的力量在失败的冒险中已被耗尽。

嫁一个好人家，不应该成为一个女孩的人生目标，我们应该活出自己的精彩人生。

就算是在被催婚的单身日子里，也不要忘记努力成为更好的自己，只有这样，无论何时何地何等境遇，又或者是在遇到比你更好的人时，才能做到不卑不亢，也有了追逐的勇气和底气。

你最不该收敛的是你的野心和欲望

文 / 文长长

1

最近几天到处找房子，不论是从物质还是身体上来说，都让人挺心力交瘁的。

昨天晚上，跟我哥聊天的时候，我卖了几句惨的同时，顺便抱怨了一句房租真贵。

我哥白了我一眼，说了句：“谁让你活得那么贵，不跟人合租，要一个人住就算了，还得挑环境和交通都很好的地段，你那是自作自受。”

我承认在这点上，我哥说的是对的，我就是那种要求又高还作的典型，但我依旧特理直气壮地对我哥回了一句：“我就是活得很贵，但通过我的努力，那些我想要的很贵的东西，不也分毫不差地摆在我面前供我挑选吗？”

其实，关于“要不要为欲望妥协”这个话题，前段时间我跟我妈的对话中也提到过，她觉得我太辛苦了，特别心疼地对我说：

“咱们就跟大多数同龄女孩一样就好了，拿着差不多的工资，凑合着花，谈谈恋爱看看电影逛逛街，有着普通女孩有的烦恼，不要每天这么辛苦，妈妈看着心疼。”

我很理解我妈那番话的出发点，我知道她心疼我，但听完那番话后，我还是特别像叛逆少女似的对我妈说：“轻松的工作生活是很好，但轻松工作背后相对应的报酬也很低，而我想要的东西很好也都很贵，我宁愿多努力一下多辛苦自己一点，也不愿意妥协，这就是我努力的意义。”

之所以这么努力，是因为我想要的真的都很贵。

2

刚来深圳的时候，跟我姐一起去麦德龙买东西，我跟我姐吐槽说这里的东西都好贵，感觉工资都不够养活自己了。

当时我姐很清楚地跟我说了一句话：“你想要好的生活质量和水平，就要付出更辛苦的代价。”

我姐给我打了一个比方，她说：“我家每个月的吃喝加上孩子的教育都要支出几万块钱，单看这个数据旁人可能会认为我家还算有钱，每个月都花这么多，但其实不是的，我们生活得也很紧张，压力也很大，也是把自己挣的一大半都拿去生活了。

“再退一步，倘若我们现在回到二线三线城市生活，物价和生活成本没有那么高，每个月的支出也会少好几倍，压力也会小很多，会生活得更轻松一点，但是我们不愿意回去，宁愿在这里生活得更贵一些。

“我们想要的东西就是很贵，因为大城市的交通便利，因为享受最多机会的可能，因为这里没有小城市的人情世故和各种不透明的关系，有着最‘公平’的契约精神，所以我们才要这么努力地留在这边。”

想要一般的东西，就付出一般的辛苦；想要更好、更贵的东西，就付出与之匹配的辛苦和汗水。这是这个游戏规则很残酷却也很公平的地方。

很多时候，我们努力不是为了让自己活得更轻松，而是为了让自己能拥有更好更贵更想要的东西。

3

我有一个女友，在爱情中是一个很恪守自己原则的人。哪怕身边很多朋友陆陆续续都结婚了，家里人直接、间接地也没少让她相过亲。

但她依旧坚持着自己的原则：除非真的碰到自己很喜欢的男生，不然不会随便谈恋爱，不将就自己，也不委屈别人。

她说，她必须要嫁给爱情。

出于朋友的关心，我问过她，“爱情那么奢侈的东西，如果你等了很久一直没遇到，家里人也催着结婚怎么办。”

她跟我说了这么一段话，她说：“你看过前几天很火的那部电影《剩者为王》吗，当时很多人看到的是电影里舒淇和彭于晏的爱情，和她为爱情的坚持，这些我也看到了，但除此之外，我看到更多的是舒淇的生活状态。

哪怕她早过了适婚年龄，沦落为剩女，但除了爱情她生活并不缺少什么，有体面的工作、不菲的收入、可以无话不说的闺蜜，过着都市小资生活，她前期的努力让自己有足够的经济基础，去支撑自己去追求爱情这个昂贵的东西，这才是最酷的。”

女友说：“我这么努力地挣钱攒钱，就是为了让自己能有足够的底气，对那些催婚、把我称为剩女的人说，我就是要追求爱情，哪怕那本就是一个奢侈的玩意儿，但我就是任性就是要坚持，哪怕孤独终老。就像电影《艾玛》里说的‘我会成为一位富有的老姑娘，只有穷困潦倒的老姑娘，才会成为大家的笑柄’。

我这么努力就是为了让自己能自由地追求想要的东西，哪怕那样东西再贵再奢侈，我要让所有人都觉得，我配得上这个东西，我的坚持和努力都是正确的。”

4

毛姆在《人性的枷锁》里写道：人追求的当然不能是财富，但必须要有足够维持尊严的生活，使自己能够不受阻挠地工作，能够慷慨，能够爽朗，能够独立。

所以我们这一辈子，攒够劲往前走，也只是想要体面的工作，想要更好的生活，想要有选择自己的爱情的底气，想要获得别人的尊重，

想做自己喜欢的自己，这是我们的信念也是目标。

但看似是因为我们的努力，才得到那些想要的东西，实际不完全是。

一往无前的我们正是因为那些“欲望”才变得更强大，因为想要的东西太多太好，为了与之匹配，为了更好地满足自己，所以只能更加努力。

我从来不觉得欲望是一个不好的东西，年轻的时候，适当的欲望和野心，恰好是让你进步的动力，而且为自己想要的东西而努力，本来也是一件很酷的事情。

你最不该收敛的是你的野心和欲望，愿我们都能做心有小野兽的有志青年。

孤军奋斗的生活里，不要忘记最重要的法则

文 / 云朵默

1

昨晚，我因肠胃痉挛及重感冒卧床休息，恍恍惚惚地过了 30 多个小时，浑身酸痛，一个人躺在床上，多盖了一床被子还是感觉冷。

朋友给我发微信消息，我强撑着点亮手机屏幕，还是没有一丝力气去和她聊点什么。

第一反应，我会死掉吗？

我已经连打个电话通知楼下的姐姐的意识都没有了。

紧接着是一个恐怖的问题飘忽在脑海里：如果我死了，会多久才会被人发现？

母亲年事已高，除了通话，她极少上门来看我，如果电话打通了我没接，她也准以为我在忙，或者没听见，会过几天再打。

至于住在我楼下的姐姐，我甚至都不敢指望她，虽然我们一层楼之隔，我能每天路过她家，但她却从不踏入我的家门，我与她更

像熟悉的陌生人，呵呵。

身边应该不会有突然怀疑我死掉的朋友，我一个人生活一年多，从来没有一个人来过我的住处。

如果我没去单位上班，领导顶多会让行政部打电话问我怎么回事，然后整个公司还是正常运作，行政部如果连续打不通也会估摸着我是旷工，也就按旷工处理。

同事应该会估摸着我有什么事所以没来，傻乎乎地帮我打掩护。

微信群几十个人，就算一个人很久不冒泡，也不会有人满世界地找。公众号太久没更新，可能会有人在后台问问我怎么没更新，可是久久得不到回应，一气之下也就取消了关注。

我被发现时估计已成为一具干尸。我努力地呼吸，真怕自己断气，然后不知不觉地睡去。清晨一束刺眼的阳光从窗外照射进来，我苏醒了，庆幸自己还活着，拖着浑身酸软的身体，笨拙地穿上衣服，喝了床头的冷水，扶着墙向楼下就近的诊所赶去。

不是矫情，而是一个人病了就会脆弱，脆弱地在自己的世界里咬牙前行。

在我们最需要有一个人依靠的时候，往往到最后都是自己挺过去。

2

某天跟同事聊天，同事说她没有家。

我惊呼，她怎么可能没有家，她已经结婚 5 年了，孩子 3 岁，老公在一家金融公司上班，这不是她的家吗？

她说，她是没有自己的家。

我错愕，现在的三口之家不就是自己的家吗？

她说她怕，怕万一哪天不幸，婚姻破裂无处可去，所以极力小心翼翼地维护着。

我骂她一天到晚想太多，这是不可能的事。

结果她的理论把我推翻了，她说："你知道为何在婚姻里，我们要去维护、去隐忍、去妥协、去包容、去接受吗？"

我偏着脑袋说："我当然知道，不就是为了自己的家，舍弃所有的个性吗？"

"对！为了这个家，万一包容不了、忍不了，这个家就会土崩瓦解，我该去哪里？"她说。

我想都没想就说："你回娘家啊，父母总不会不管你吧？"

她冷冷地笑了，意味深长的样子。

"父母年事已高，我可以回家蹭一两个月，可能蹭一辈子吗？而且弟弟已经结婚，回家还能有我这个嫁出去的女儿的落脚点吗？再血浓于水的亲情，也会因为各方面的因素发生变化，帮助是一阵子，不会是一辈子，万事还得靠自己。"

"你离了婚，男方总得给你一点补偿嘛，别担心。"我说。

她又笑了，这次她只说了一句话："看你遇到怎样的人。"

我不解，但也没有多问，因为听了太多身边已婚者的故事，我才发现婚姻里虽说是两个人，但是在生活里，更多的是一个人在婚姻里前行。

一个人上班、一个人做饭、一个人接孩子、一个人在深夜落泪、一个人做很多事，学会曾经未嫁时不会做的事，参不参与还得看对方是怎样一个人。

时间越长，恋爱的温情会化作亲情，角色也在岁月里变化，每个人都在扮演一个孤单的角色，在纷扰的人群里孤军奋战。

3

我认识一个 40 岁的大姐，30 岁时结婚，孩子两岁的时候离婚，一个人带着孩子从县城来到城市里打拼。

我问她为何要离婚，在一起至少可以相互照应。大姐深吸一口气，故事徐徐道来。30 岁之前她一直都是一个人，对爱情抱有幻想，但对婚姻嗤之以鼻。

因为她文化程度不高，家境也不好，早年父母双亡，她排行老二，为了生计，学了理发的手艺，在县城开了一家理发店，一年又一年地忙碌，甚至有时候忙起来连饭都吃不上。她家一共四姊妹，她挣的钱还得拿回家贴补家用。

她每给一个客户剪发赚一块钱，一天十个客户才有十块，一个月三千个客户才有三千块，还得扣除成本，到手已所剩无几。30 岁的年纪，经人介绍，她认识了在另一座城市的一个男人，二人没相处多久就结婚了，但是婚后的生活质量并没有提高，男人离乡务工，抛下她一个人在县城。

她依旧是如鱼饮水，冷暖自知。后来有了宝宝，丈夫也就那段时间回来得勤点，之后回来得越来越少。她哭过闹过，最终却无济于事，她一个人熬到心灰意冷，无奈之下离婚了。

命运逼迫她离开了小县城，带着身上仅有的存款及两岁的孩子来到城市，找了城市里最差的房子安顿下来，让孩子在民工子弟学校上了学。她去理发店打工，一个人当爹又当妈，在一次偶然的事故中手腕受伤，再也握不起剪刀。

她的天黑了下来，在这座城市，孤儿寡母，无人知晓。这一年她 39 岁，积蓄在逐渐减少，房租费、水电费、家庭支出、孩子的学费、补课费，样样要钱，她该怎么办？她哭了，孩子不知道母亲在哭什么，只是依偎着母亲。

在困境里，她买了很多会计方面的书学习，把自己困在房子里整整两个月，只有小学文凭的她拿到了初级会计从业资格证。

那一刻她哭了，这一年她 40 岁。

而会计并非有证就能胜任工作，需要实践。

这一年她频繁跳槽，不理解她的人都说她一把年纪还不踏实，只有她自己清楚，不这样跳槽她根本学不到东西，也不能给孩子更好的未来。

现在工资低，可是等工作技能熟练了，她就可以接一些私活做，既可以多陪陪孩子，还能有收入。

这些年，她依旧是自己在生活里孤军奋战。没有人知道她有多累、多艰辛、多不容易，其中的苦也只有她自己明白。

4

有时候我特别佩服那些受过磨难，在自己的生活里孤军奋战的人。

曾经有读者在后台跟我说：“云朵，我在一座陌生的城市快过不下去了。”

那时候我总会轻描淡写地回一句：“坚持不下去就回去，不然就咬牙挺过去。”

现在我才发现我多么愚蠢，不管人在哪里都在受累。我想最幸福的时光，最感受不到孤独的时候，就是读书那会儿，虽然功课难，至少活在陪伴里，有老师、同学、父母，学习不会可以找老师，回家还有宠溺你如宝的父母。

但是等你长大了，置身社会里，父母不再陪伴你，你才发现在这个世界上，每一样东西都需要自己孤军奋战去获得。

工作、爱情、婚姻、人际，都得靠自己。

因为帮你的人，只有自己。

3

自律

对自己狠一点，你的未来美一点

才华不能成就你的，自律可以

文 / 杨熹文

我的努力远远超过了我的才气，不知道这是幸还是不幸。

早些年就听说过“一万小时定律”。作家格拉德威尔在《异数》中指出，要成为某个领域的专家，需要一万个小时，按比例计算就是：如果每天工作 8 个小时，一周工作 5 天，那么成为一个领域的专家至少需要 5 年。这就是“一万小时定律”。

于是，我便钻牛角尖般地验证，心里暗自算着，若把此生所有写作的时间加起来——十几岁就开始练习的时间，多年来利用周末的时间，以及如今 27 岁了还清教徒般坚持的时间——大概早过了一万个小时。可我不得不非常遗憾地认识到，这一万个小时并没让我变成个行业的顶尖人，更加坦诚地讲，置我于文字的行业中，我大概连个庸人也算不上。若想证明这一点，只需要随便点开阅读几个公众号的文章就行了。打开其中任意一篇文章，就能看到一群比我年轻 10 岁的女孩子，在大学宿舍的被窝里握着手机在睡前感慨一番，那才气都是我努力这么些年仍比不过的。

记得有一天看到一个姑娘在网上说，“一上午只写了三千字……”这更是让我觉得自己才气欠佳，我常常花一天才写两千字，然后再删去一千字。这一天写下的一千字，让我像那头拉磨的老驴，从早到晚一刻不停地转着圈，最后主人能攥在手里的粮食，就是那么可怜的一小把。我总是心虚地关了年轻作者的文章页面，重新回到我的书桌前，这世界满是轻轻松松就胜利的人，我更不能轻易就懈怠。

朋友和我谈起一份做了两年的工作，言语间尽是失落：“我觉得自己也不是不努力啊，领导下达的任务准时完成，每天都加班到很晚，为什么工作这么久了，工资还是区区三千多块钱，也看不到什么职业上的发展前景，这到底是为什么呀……”

我们沉默许久，她忽然补上一句，“可能还是不够努力吧！”一句话像是找到了问题的解药，她的神色亮了起来，“从明天开始加倍努力，就不信没有升职加薪的那一天！”

我绝对理解她的心情，在我人生中的这二十七年，我觉得自己在很多事情上都看见了“不公平”。我就是那种不怎么幸运、不怎么聪明，也不怎么漂亮的姑娘，买彩票从没中过奖，喝凉水都会长胖，没有什么先天的资质和后天的才能，不单单是在写作上要花很多力气，生活中对诸多事情的努力也仿佛缺乏回报。

在一次同学聚会上，大家各自说起对每一个同学的印象。说到我时，大家给出最多的答案就是“学习好，聪明”。甚至当年的同桌都拍着大腿表示极力赞成：“对呀，我们那年都一样学习呀，不聪明怎么会拿高分数？”我惊讶地发不出声，“聪明”从来都不是属于对我的描述语。我攥紧手中的啤酒杯，酒精带我回到了十五六岁的那些日子。

我那时的成绩总是在班级中的前几名，所以，老师器重，同学羡慕，爸妈欣慰。可是否有人发现过——我中午从不舍得午睡，全班黑压压倒下去一片时，只有我一个人还拿着笔写写算算；我甚至不会在课间走出教室，而是坐在喧闹的教室里做数学题；我熬到很晚才睡，十几岁就开始和咖啡做伴，电视从不是我生活里该有的内容，我点一盏灯，伏在书桌上，实在扛不住就睡五分钟再懊恼地重新坐起来；我早上 5 点钟起床，不等眼睛睁大就抓起枕边的英文课本背单词；我每天早晨坐公交车上学，去车站的 10 分钟内，都要把历史课重点写在手心里，边走边背诵……我经常看到“天才少女”“天才少男”的新闻，只能叹一口气，接着背上我那十几斤重的书包，去熬那熬不完的夜。

这样的“聪明”，是有代价的，而要付出代价的事，我的生活中又何止这一件。

我和一个朋友曾在一起住过两周，每天一同吃晚饭。我们吃的食物营养均衡、搭配合理，绝对称得上是健康饮食，朋友的饭量大概是我的两倍，吃起来甚是凶猛，两周后居然提着自己的牛仔裤说，“咦，怎么又瘦了？”我小心翼翼地上了秤，希望一样的结果出现，可是，天知道是什么让我在短短的两周内长胖了 4 公斤！

一米五八的我曾经一度胖到 122 斤，更可怕的是，我那时生活辛苦、四处奔波，一天只吃两顿饭，晚餐常常略过，还会以一个小时的散步当作日常运动，可体重依旧稳定上升着，于是每次只能看着身边九十几斤从不运动、从不节食，少吃一顿就瘦两斤的闺蜜羡慕不已，我只能以发福的凤姐说过的“过劳肥”当作安慰。直到某一天我再也受不了紧绷的牛仔裤，于是下决心以跑步的方式减肥。将近一年的时间里，每天至少跑 5 公里，吃三分饱，出门聚餐只敢喝一肚子温开水，这样才瘦到了 100 斤。直到现在我还总是被朋友调侃：“你是我见过的最胖的素食主义者。”我赶忙在脸上挂一份大度的微笑，心里却暗暗委屈，天哪，我吃素，食量小，每天跑 5 公里……

我想起村上春树说过的自己如何开始跑步的话：“33 岁那年秋天决定以写小说为生。为了保持健康，我开始跑步，每天凌晨 4 点起床，写作 4 个小时，跑步 10 公里。”他说了自己戒烟后需要靠跑步来减肥的烦恼，又谈论起自己的妻子，“我是那种容易发胖的体质。我妻子却无论怎么吃也胖不起来。这让我时常陷入沉思：‘人生真是不公平啊！一些人无须认真就能得到的东西，另一些人却需要付出很多才能换来。’不过转念一想，那些不费吹灰之力就能保持苗条的人，不会像我这样重视饮食和运动，也许老得更快。什么才是公平，还得从长计议。”

这样想来，世界才变得有些可爱。也许正是因为每天要跑步才能保持身材，所以渐渐就养成了自律的好习惯；也许正是因为要牺牲很多睡眠时间去得到一个尚好的成绩，所以才意识到去实现一件事的辛苦而倍加珍惜所得到的一切；也许正是因为写作起来很吃力，所以才拼命告诉自己一定要靠毅力坚持下去。

生活公平吗？这是一个值得长久讨论的话题。我可以一边给出“很公平呀”的答案，一边觉得它没有那样“善良”，总让一些人受着平白无故的苦。这样想来，即便这生活有时是不公平的，这不公平与公平之间的偏差，也总是可以用多一份的努力去填补的。

这一路上，不仅自己才气缺乏，还有别人时不时觉得我才气缺乏，我走得辛苦，且需顶住一切压力。我至今觉得，这不肯服输的倔强脾气，帮了我太多的忙。每每有人说："你都27岁了，怎么还能做个浪漫的梦想主义者？"不是！我从来都坚决地反驳，我只是活得单纯，肯相信，只要付出足够多的努力，就一定能够实现梦想，它也许会来得晚一点，但总有一天我会靠自己的双手得到，那晚一点到来又有什么关系？

这世界有时真的令人失望，我不能做个生来就会唱歌跳舞的人，也没有天生就带着写文章的才能，更没有易瘦的体质，也没有经常带来福气的运气，但每当重新坐在写字桌前，我总是安慰自己："你看，每天坚持写很多字，这样再写40年，写得再差的文字也能够变得好一点了吧！"我用这样的道理慰藉着自己更多地方的"不聪明"，只肯相信，没有实现梦想的原因，只有不够努力。上天给了一部分人天生的才能，也赐予另一部分人不怕输的勇气，它让我拥有坚持、自律、充满希望的品质，让我相信，梦想这条路，只要踏踏实实地走下去，就一定有到达的那一天。

前些天，有一个失落的小姑娘在网上问我："我特别热爱写作，成为一个作家一直是我的梦想，可是投了那么多次稿，编辑也还是给我回复'抱歉，不采用'！看来自己真的是没才华，这辈子也没法成为一个作家了！唉，我该怎么办呢？"

梦想这条路上，最怕你有走不下去的预见和随时回头的准备。

所以，我回复她：“怕什么，这人生还长久，不行，就用二倍的努力！”

精进的人生，究竟需要多自律

文 / 武小暖

1

有一则新闻，曾经刷爆朋友圈。

新闻说的是，重庆的秦女士，年过 50，已经当上外婆。有一次，她的一组写真被晒到网上，顿时引来围观。

在照片中，她明眸皓齿，皮肤雪嫩，身姿傲然，曲线玲珑，竟如同少女。

网友纷纷惊叹："这个是外婆呀？太年轻了。""保养得太好了，叫我们情何以堪。"

秦女士能保持这样的身材和容颜，是因为她严于律己，特别注意自己的生活节奏、生活习惯。

每天早晨，她都会精心保养皮肤，并定期做面膜护理。每天夜晚，她都会泡澡，促进新陈代谢、气血循环。

闲暇时间，她会去健身运动，如果实在太忙，她就通过做家务，舒展身体，伸展肌肉，让自己得到充分锻炼。

在饮食方面，她对自己也很严，从不乱吃零食和油腻的东西。

每一顿饭，她只吃八分饱，无论是在家吃饭，还是在外应酬，她都这样要求自己。

每天夜间，她会喝一杯睡前红酒，清心助眠，这也是她年深日久的习惯。

这些健康的习惯，她坚持了几十年，所以，才能在 50 岁的时候，依然让人艳羡。

她说："要成为美丽的女人，就要坚持下去。"

是啊，在生活当中，想要有高颜值、好身材，就要有持之以恒的自律，坚持不懈的勤勉。

俗话说得好："不自律的人样子老，自律的人老样子。"

对于不自律的人，时间是把杀猪刀；但是，对于自律的人来说，时间是颗驻颜丹。

虽说，年华的流逝无法停止，但是，天助自助者，如果你足够自律，时间也会对你宠爱备至，为你放慢 10 年、20 年。

日本"美魔女"大赛的冠军水谷雅子，40 多岁仍然拥有一张少女脸。她就是一个非常自律的人，早晨 5 点必定起床，给自己敷上美白眼膜。

然后做一个小时的润肤护理，再精心准备一顿维生素丰富的早餐。晚上，她一定会 11 点前就开始睡美容觉。

自律的严歌苓，在 50 岁以后，依然身材挺拔，匀称优雅，因为她注重形象，永远挺直腰背，仪态毫不松懈；因为她注重锻炼，工作之余，经常做体操，每隔一天，一定会游泳 1000 米。

所以，如今的她，仍是神采奕奕，风度翩翩，充满女性美也充满高级感。

作家王珣曾说："一个自律的女子，不可能不注重自己的外在。拥有一张充满生机好看的脸，保持一个励志健康的身材，和年龄无关，只和自己有关。"

自律的人，会精心打造外表，也会细心打理事业。

有了自律加持，你的成功，就是自然而然。

2

作家村上春树，就是一个自律的典范。

他每天都会坚持早起，即使在严寒的冬天，也是清晨四点就翻身起床，不贪图片刻的安逸，不留恋被窝的温暖。

他会给自己煮上一杯提神的咖啡，边吃早餐，边打腹稿，然后，立刻冲到桌前，开始写作。

在写长篇的时候，他会全神贯注，连续写作 6 个小时，一直写到 10 点钟，完成每天写 10 页小说的任务。

如果任务没完成，就一定要继续写完。绝不懈怠，绝不拖延。

每当写完一部作品，他一定会逼着自己，反复修改，反复增删，在交稿之前，至少改上五六遍。

这种自我约束的毅力，这种精益求精的风范，让他的文字，就像被悉心雕琢的翡翠，玉润珠圆。

所以，他的第一部小说《且听风吟》就拿下新人奖，《挪威的森林》

更是畅销千万册。

不写长篇时，他就写随笔。在他的工作时间段，他从不让自己有一分懈怠，一点空闲。

他说过：“我没有一天不写作。随笔也好，翻译也罢，我总是要写。活着，就意味着必须要做点什么。”

俗话说得好：“聚沙成塔，积水成渊。”长期的训练和积淀，让他下笔有神，即使写随笔，也是笔力深湛。

因此，他的随笔集《当我谈论长跑的时候，我在说些什么》不但在亚洲地区备受欢迎，而且还登上了纽约时报的畅销书榜。

每天上午，是村上的写作时间，而下午，则是劳逸结合的休闲时间。

这种极有规律的生活，这些极为自律的习惯，持续了 35 年。

35 年的自律，让他从一个贫穷、容易疲倦、长相平凡的小职员，变成富有、精神饱满、气质非凡的大作家，取得了世界级的声誉，书籍畅销到 40 多个国家和地区，被翻译成 50 多种语言。

自律的人物，就是这么炫，自律的人生，就是这么赚。

美国心理学教授凯利·麦格尼尔曾说：“自控能帮你实现最好的目标。”

那些达成了美好事业目标的人，大多拥有自律的习惯。

茅盾曾经说：“人们的前途，只能靠自己的意志，自己的努力来决定。”有了自律的意志，有了自强的努力，你的道路才宽广，前途才高远。

自律，不但能让你在打拼事业时，取得成功；还能让你在经营婚姻时，感情美满。

3

我的邻居小米，相貌普通，资质平凡。结婚生子之后，她就做了全职主妇，在家待了整整 7 年。

起初，大家都为她的婚姻捏着一把汗。

因为她没有特长，又没有工作，而她丈夫这些年却一直升职，从一个普通的销售员，变成了营销总监。他会不会对小米产生厌倦？

但是，事实证明，我们的担心是多余的。别人的婚姻，也许会有七年之痒，而小米的婚姻，历经 7 年，一如初恋。

因为，她并没有待在家里，坐享清福，而是毫不懈怠，力求发展。

孩子去上双语幼儿园时，她也给自己报了一个英语辅导班，每天揣摩发音，研究句型，让自己的口语标准、熟练。

在家里，她经常和孩子一起学习，用外语交谈。孩子看到妈妈这么用功，就有样学样，在同龄人中，一直很拔尖。

孩子上小学之后，她有了更多空闲，就开始研究科学饮食。

她从食材搭配，学到烹饪技巧，还考取了专业营养师的资格。

她做的饭菜，荤素均衡，色香味俱全。老公、孩子吃了以后，再也不想去外面吃饭。

她不但擅长做主食，还学会了烘焙甜点。

她会做金黄的蛋挞，鲜嫩香脆；会做蓝莓慕斯蛋糕，柔滑细腻；

还会做各种水果派，夹心甜蜜，外层松软。她的手艺，很快引来一大批邻居，找她“下订单”。

小米得到灵感，就在淘宝上开了自己的甜品店，服务于同城客户。

老公看到小米开店，觉得有趣，就运用他的营销知识，在网店广告、商品定价、配送渠道等方面，给她提供建议，跟她探讨方法。

这样，夫妻俩就有了更多的共同语言，更多的幸福体验。后来，店铺的生意，日渐兴隆，让她有了自己的收入，收益可观。

自律的人懂得，婚姻不是一劳永逸，婚后不能一成不变。即使待在家里，也得对自己有要求，不能原地打转，而要一路向前。

鲁迅说：“爱情必须时时更新，生长，创造。”

是啊，处在爱情婚姻中的人，都需要不断努力，不停发展，才能拓宽自己的眼界，跟上对方的步伐，和另一半携手并肩，言笑晏晏。

唯有不间断的自律，才能让你丰富自己的生活，丰盈自己的内涵，魅力满分，技能满点。

诗人塔索曾经说：“任何时候，为爱情所付出的一切努力，都不会白白浪费的。”

始终自律，不断提升，你的能力就会完善，你的感情就会保鲜。

好的感情，并不是从天而降的运气，而是旗鼓相当的浪漫。别人爱你敬你，是因为你足够好，值得被人喜欢。

所以，要经营美好的感情，要拥有可爱的素养，就少不了长期的自律与修炼。

4

我的大学英语老师曾说，每次，她让学生写“我期待的美好人生”为主题的作文，大家写的内容永远都是一样的。

所有人都希望今生有颜、有钱、爱情美满，拥有足够美妙的世界。

可是，陀思妥耶夫斯基曾说过：“想要得到世界，先要征服自己。”

想得到你渴望的一切，就要先把自己锻造、磨炼，克服自己的弱点，解决自己的问题。

就像《少有人走的路》里说的那样：“唯有自律，才是你解决人生问题的重要手段。”

是啊，想要人生顺遂，一切周全；就必须克己修身，律己甚严。

唯有自律，让你能够自我爱惜，在形象上打理自己，呵护自己，不偷懒不间断。

唯有自律，让你能够自我精进，在事业中默默以求，孜孜不倦，绳锯木断水滴石穿。

唯有自律，让你能够自我提升，在家庭里和另一半齐头并进，互相追赶，比翼双飞连理为伴。

自律，是你美好人生的标配。

有了自律，你才能遇到更好的自己，拥有内外兼修的美丽，事业家庭双丰收的圆满。

你过得好不好，颜值会告诉你

文 / 杨熹文

读了李蕾的《美是步履不停》，作为女性，我对她那一句“体重 84 斤”非常忌妒。

我小学 4 年级就告别了 80 斤的体重，从此一路膨胀，25 岁那年终于减肥成功，也从未在体重秤上看到过低于 90 的数字，只是好歹守住正常人的体重，做个战战兢兢的成年女性，不敢胖，不敢丑，不敢穷，不敢死。

在变美这条路上，减肥和抗衰大概是女性永恒的挣扎。

我未曾见过几个因为发胖而真心欢喜的女性，只是见着一个个心智成熟的女孩因为体重秤上多了“0.5kg”，失去理智地哭天抢地、痛不欲生（我也是其中一员）。

我也没有遇到过哪个女孩肯真的承认五官上哪块儿显老，我只知道你若夸了谁年轻好看，管她是你的母亲、你的妻子、你的同事，还是居委会大妈，这段关系就能和和气气地走下去。

想起大学时听到一群男生对女生苛刻的评价：“大一女生是樱桃，好看不好吃。大二女生是苹果，好看又好吃。大三女生是草莓，不好看但好吃。大四女生是番茄，还当自己是个水果啊？”

转眼间我已经上了“三个大学”。大概是变成了一罐罐装番茄，水果不水果就不计较了，关键是还能不能上桌。

我这个人胖过20年，脂肪一度抻开皱纹的伏笔，这让我在美上是很晚熟的。但我必须郑重地告诉你：美丑是对一个女人过去的总结。

年轻时我擅长熬夜、吃辣，暴饮暴食或间歇性节食，对一切需要克制才能获得的美总是不屑一顾的，我不卸妆就敢睡觉，枕头旁铺了一圈零食，在失去规律和努力的日子，一早上起来，看着镜子里的自己，胶原蛋白还在，皮肤细腻无瑕，我自喜，那些可怕的皱纹永远不会找上我。

大学毕业前夕，我刚满23岁，那是个“番茄”们拎着大包小裹的旧衣服拿到操场旁去卖的季节，我一个人就撑了三个摊位的场面，四年的衣服铺在上面，从小到大排开，像展现个人曲线变化的线索。

我的同学惊讶：“原来你这么多衣服，怎么都不见你穿呢？！”我心里想我也得穿得上啊。我的体重上涨到一个对不起自己的数字，穿包着手臂的衣服，黑牛仔裤，鞋里垫了一双增高垫，为了显瘦。

有一个漂漂亮亮的“番茄”驻足，她的眼睛睁得极大：“XXX，是你吗？我都没认出来！你怎么这么胖了！”

那是我当“樱桃”时在社团结识的女生，那年我们有着相似的体重，几年不见，她变成了一颗圣女果，我则成长为一个壮实的番茄，幸亏不是猪，那是要被宰的。

当晚回到宿舍，看镜子里的自己，忽然发现鼻尖上多出两颗痣，眼角出现细微地皱纹，我哭到不能自已。

完了，我变丑了。

再没心没肺的女生，也是害怕变丑的。

25 岁减肥成功之后，我终于变得轻盈起来。那段时间尤其爱去时尚街道的咖啡馆里坐一坐，看三十几岁的女性在街上走过，穿白衬衫和牛仔裤，没有一丝赘肉，简简单单就很美丽。

我再一次确认，人们在四季里穿衣走路，体重是美丑最直观的表达。

抗衰老也成为一件正经事，法令纹浅浅地显现出来，雅诗兰黛小棕瓶就摆上了床头柜，头顶一根白发支出来，第二天早餐就变成了芝麻糊，哪怕不是易长痘的体质，也开始对厚料重味的食物产生抗拒，几本抗衰老的食谱，翻来覆去地看，一些养生汤被搬上餐桌，让我捏着鼻子喝。

想来那个阶段的努力，不是没有价值，但有些诚惶诚恐，随波逐流，朝三暮四。什么偏方都会去相信，大牌护肤品一一买回家，浪费了许多钱，也偷了许多懒，变美的决心和意志力不够强，总想着还有明天。

突然间到了 30 岁，一切都得来真格的了。

这不再是有资格马马虎虎的年龄，我也终于明白，变美是一件多么耗时耗力的事：

新陈代谢日趋缓慢，体重必须以一周三四次的运动和每餐七分饱维持。抗衰老也必须对体内体外进行双重呵护，是从大牌护肤品转向小众天然护肤品，早睡早起，而不是纠结哪款眼霜祛黑眼圈。关心体质，多过于在两腮扫上腮红。

美早已不是戴上美瞳、扑上粉底、涂好口红的片刻美丽，而是那些小习惯，是否在帮你争取更加健康、长久的美丽。

最爱看女生从小到大的照片，惊讶很多人不是天生丽质，而是越来越美。

我也格外愿意与这样的人交朋友，她们的性格中总是有清楚的目标和决绝的毅力，美绝不是表面那么简单。

我有一个朋友，八九年没喝过凉水，出门带只保温杯，夏泡菊花、冬泡枸杞。

我的日语老师每餐拿一只小到不能再小的碗吃饭，我一般用它放蘸饺子的酱油、醋。

一个朋友坚持跑步，早上出门前煲上养颜粥，跑完回家饱饱喝上一碗胶原蛋白。

电视节目里一位 50 岁的女性，被问："如何保养得像二十几岁？"说："我睡眠充足，吃很多有益健康的食物，游泳，跳钢管舞，几十年如一日。"

我呢？吃少而精的食物，锻炼还算勤奋，不擦防晒霜便打死也不肯出门，每次洗头都会用护发素，敷面膜和煲汤都不再是一时兴起，是在那些干燥的季节来临时，自己记得为自己储备营养。

到了这个年龄，我也意识到，美是多种因素的综合。

美首先是个人的努力，对体重和衰老做出时时控制，一刻不能懈怠。

再往前走，更发觉，美是内心的成长，要读书、旅行开阔眼界，精神上的肤浅不会令任何一种美持久。

美也是你选择了怎样的工作，爱了什么人，有什么样的朋友，对自己有什么要求，给自己怎样的生活……

你一路经历了什么，都呈现在脸上，无须多言，美丑自下结论。

如果在 20 岁时，有人对我说，那个三十几岁的人好美，我会觉得这个人好肤浅。

现在只觉得，那些不那么年轻的美丽，背后一定有天长日久的努力和坚持。

那是一个人对自己的标准，那是一个人对生命的选择。这才是真正的宝藏女人。

那个勇往直前的姑娘，自律是她最大的底气

文 / 蓝胖纸

最初听到这个故事我根本不相信，在我的脑海中，这样的事怎么可能发生。

但是当我听完之后，除了羡慕之外，还有鄙视。

鄙视自己做不到，鄙视自己眼界狭隘，鄙视自己是一个光想不做的人。

这个世界上优秀并且努力的人太多太多了。

那是一个节假日，好朋友从家乡来到我上班的城市，和大多数女生之间见面的方式差不多，我们逛街吃饭聊天。

那天我们聊工作、未来、结婚、生子，好像一直停不下来。晚上定了商场附近的一个酒店，买了一点吃的，又开启了新一轮的“思想交流”。

——你知道 G 吗?

——嗯，我从高中开始就听你说起过，可是从来没见过她人。

——她现在可厉害了，准备在省会城市或者湖南那边城市买房呢！

那会儿我们毕业有两年多，对于一个从农村出来的孩子，这真的是想都不敢想的事情，除非家里资助。

我一脸的惊讶、羡慕和不相信。

G 高中和我们不在一个学校，她在 Z 校，高考考上了西北某省会城市的二本学校。毕业后在当地的法院当书记员，因为是临聘的，工资每个月只有 2000 元。

好朋友继续讲述 G 的事。

干了三个月，她姐姐说计划在湖南开一个小店。姐姐负责供货，她负责销售并打理店里所有的一切。问她要不要来。姑娘没有丝毫犹豫向领导递交了辞职报告，没过多久就去了湖南某个城市。

负责店里生意的那两年里，我们四个人的群里，她发消息的次数很少很少，每次基本都到了晚上 12 点以后，群里会冒出一句，刚刚忙完，关了店，但是还要学习新产品知识，你们先睡。

很多次都是这样，我们在群里聊天，到最后她才冷不丁地冒出一句。当时我们想，天哪有这么忙吗？

当后来我和 G 见面时，亲耳听到她亲自给那些客户打电话，说话的语气神态表情我都不敢相信这是我一直认识的那个她。

你看吧，人是会改变的，在环境的影响下，在生活的困苦中，会变得不一样。

她是一个勇敢拥抱生活中所有风风雨雨的姑娘，她是没有被打倒的姑娘，她是坚持自我的姑娘。

两年的时间，每天早上6点起床，晚上12点以后睡觉，一个人应付店里的各种事情，学习产品知识，在陌生的地方，其中的艰辛和苦楚只有自己知道。我们只看到她光鲜亮丽的一面。

其实最佩服的是她靠自己的努力达到了约定的销售额，也赚到了钱。她说今年考虑买房。

关于G姑娘买没买房我不知道，我也不必去知道，她拥有的一切是她应得的。

后来好朋友告诉我,G姑娘家三个孩子,都是女孩,个个都很厉害。

G的父亲把三个女儿当儿子养，性格都很好，也很能吃苦耐劳，做事情有毅力。G姑娘的父亲曾说过一句话，毕业后都别回家来，在外面闯荡去，家里也不用你们操心。

其实G姑娘家就是普通的农村家庭，父母都是靠打零工、务农维持生计，好在父母身体都很好，这对于三个孩子来说就是最大的安慰了。

那一夜我们在酒店聊了很多很多，后来好朋友又给我讲了一个关于G姑娘母亲的事情。

好朋友和G姑娘从小一起长大，每次去G姑娘家她母亲都特别热情，说起话来让人听起来很舒服，是我去过的所有同学家里见到过的让人感到很舒心亲切的一个阿姨。

这样的言行举止应该也给了G姑娘很好的影响。

G姑娘的故事是我从好朋友口中听到的，其实在我们身边也有一些这样的人，他们身上有值得我们学习的品质，坚持学习、敢于吃苦、踏实肯干等。

不要小瞧这些微不足道的坚持和努力，有了它们，才会拥有后来的一切。

现在的我们，大多数很浮躁，空闲时间抱着手机不愿松手，晚上睡前更是到了眼睛实在难受得不行的时候才愿意放下手机去睡觉。

这是我之前的真实生活状态，后来醒悟得早，慢慢自己去调整作息时间，这个过程是煎熬并且不舒服的，因为人总是有惰性的。

一点一点逼着自己去做计划，去执行，只要有进步就会奖励自己看会儿视频。逼自己一把你会有收获，但是收获多少还是要因人而论。

好朋友告诉我，从 G 姑娘身上她学到很多，现在上班之余的时间，她也在为自己规划了，不会再去浪费大把的时间。

如果你也有喜欢的事情，那就坚持去做吧。

很多人没有自己的爱好，浑浑噩噩地度过一些琐碎时间，最后时间浪费了，身体熬垮了。

读书、写字、健身、画画、摄影，这些美好的事情都可以去选择一个行动起来，让自己过得充实美好，过接近真实意愿的生活，做一个正能量的生活者。

幸运的背后，是别人看不见的自律

文 / 苏听风

12 月份的时候，我去参加了一个职业技能的培训，上课的何老师是北京的一个非常出色的创业者。两周后，何老师再次来到深圳的一家知名企业上课，我被他的团队成员请来协助他为上课做一些准备工作。其实当天并没有做太多事，只是稍微布置一下现场，发放一下资料。

课后和该企业工作人员交流时，他们其中一个负责人很好奇地问我："据说何老师在深圳的学员至少有 100 人，为什么选你来做助教呢？"言下之意似乎是说，他们可是花了大价钱请到这位老师的，而我免费地听了一堂价值不菲的课。我客气地回答她说："可能是我运气比较好吧。"

"可能是运气比较好吧。"这句话并不是我发明的。

第一次听到这句话，是我还在做外贸的时候，是我所在的香港外贸公司老板的合伙人艾先生常说的一句话。他在短短 5 年的时间里，从一个普通的外贸业务员成了当时公司的合伙人，同时也是行业内小有名气的人物。每当外人称扬这段经历时，他总会低调地说：“可能是我运气比较好吧。”

我抱着沾“好运”的心态去应聘，成了他的员工，发现他并不是像“运气”太好的人。艾先生不到170厘米的身高，并不突出的长相，在平常的生活中，是一个极容易被忽略的人。但和他共事才发现，他是一个思维敏捷、知识丰富、工作能力极强的人。他的英语跟中文说得一样顺畅，公司接的订单从客户到工厂流程全部一清二楚。

当年，公司的一个潜在英国客人要来中国参加展会，顺便想看看我们公司的产品。这个英国客人是英国零售大客户，在伦敦有数家社区超市。“如果跟他建立了长期的合作关系，我们公司的出口额将会增长200%，那意味着产品利润的相应上涨。”艾先生兴奋地说。

整个团队都在十分紧张而又期待地盼望着这次会谈，但艾先生看起来还是一副镇定自若的样子，除了检查每一个开会用的样品，其他时间都埋头在办公室里准备资料。

终于到了会面的一天，大家焦急地等待着艾先生和客人从机场到来。一个下午的会议进行得十分顺利，从样品的展示到后续合作的细节，都迅速地达成共识。在谈着公事的同时，艾先生还用一口熟练的伦敦腔英语跟客人不时谈一些关于早上如何跑步、喜欢哪些美食之类的话题，听起来他们像是熟悉的朋友一样。

合作出乎意料地成功。在和艾先生一起送走客人的路上，我迫不及待地想知道他谈判成功的原因。看着他一副胸有成竹的样子，我抢着说道："这一次，一定不是运气好的原因。""小姑娘，看来你有进步了。"他一边大笑着回答，一边顺手拿了车里的一沓资料给我。

资料全部是英文的，第一本是关于客户公司企业一些产品在英国的销售情况，甚至还有英国的天气情况。第二本是这次来的客户产品总监的博客资料，里面记录着一些客人时常早上出去跑步的内容，还有一些关于美食的文章。第三本是我们公司针对客人以往销售产品的新品推荐，根据英国气候而做的一些产品的改良。第四本是在去接客人的前一周，做了一份详细的路线图和会面行程图。内容包括：我们接客人的位置，从机场到酒店的距离及所需时间，所住的酒店有哪些好吃的东西，根据客人喜好向客人推荐的食品。晚上我们谈合作时准备的样品和订单资料，预计会议所需的时间，希望达成的目标。末了，还推荐了一个离酒店不远处的海边可以看日出的极佳跑步地点。

看到这份资料时，我惊呆了，心想，换作我是客人，我也一定会选择跟他合作。

看完这些资料，我跟艾先生说出了我的想法，他笑而不语。接着，他交代我回去之后，要马上发一封邮件，把今天我们会议上讨论的合作内容纪要发给客人，同时告诉他接下来我们的工作安排。我连忙记录了下来。

在路上，我还是很好奇这次"成功"的合作是如何产生的。艾先生跟我说，这些资料都是在他平时收集来的，在两年前，他刚接触这家公司时，就认真研究他们，当时我们的产品和配套生产离他们的市场需求有一些差距，在这段时间，他一边想办法改进我们的生产能力和产品设计，一方面留意客人的销售动向。用了一年多的时间，他终于觉得机会来了，进行了这次谈判。

“那跑步跟美食是怎么回事呢？”我接着问道。

“光了解公司的动向还不够啊，当然也要了解跟我们谈合作的人嘛。就算他是财大气粗的产品总监，还是喜欢有人关注他，喜欢跟他有一样的兴趣、爱好的人。”

“那你流利的伦敦口音英语又是怎么回事呢？”我准备一个个解开自己的疑问。

“你一定听说过马云练口语是在杭州的酒店找老外说话的故事。我练口语也是模仿他的。当年我刚开始工作时，这个小城市外贸事业发展迅速，大批外国人来这里找工厂合作，但是这里好多酒店的服务员并不懂英语，无法交流。于是我在空余时间免费去做翻译，跟外国人交流，和服务员一起到机场接客送客也是常事。”他说到这里，我才知道为什么他能那么清楚地知道机场的地形及各个酒店的特点。

后来，在一次行业交流会上，有一些同行过来请教他，如何跟大客户合作，为什么他们一再压低价格，甚至以回扣的方式引导对方销售都无果。英国大客户是如何选择跟他合作时，他还是低调地说：“可能是我运气比较好吧。”尽管这样的回答在同行看来有些敷衍，却是最好的回答。

李笑来在他的《把时间当作朋友》这本书里提到，他在新东方做老师时，经常被人夸奖说他在台上随机应变的能力强。李老师在书中说，其实他们搞错了，他的应变能力差极了。他之所以“显得”游刃有余，是因为之前做过太多准备。

在做任何一次讲演时，他都花费很多时间认真思考每个观点、每个事例，甚至每个句子引发什么样的理解和反应，然后逐一制订相应对策。每一次出场的良好表现似乎是因为运气好，但事实是这些准备让他得到更多的机会。

记得当天，何老师上完课后发了一条微博说：“作为一个做职业教育的，只懂互联网是不行的，还得花时间研究教学课件，走到不同城市的课堂上，如果自己都不懂教学，拿什么创新？拿什么做平台？”何老师也是一个看起来像“运气”比较好的人，但是，我相信他在讲台上说的每一句，PPT里每一个字，都是经过充分准备的。

我的好运，艾先生的好运，以及李笑来、何老师的好运，都是以同样的方式得来的。

“我可能是运气比较好吧。”

当下次有人跟你这样说时，你一定要相信这是真的。

你的努力，是为了让你的选择更正确

文 / 何亚娟

与苏锦重逢是在国展书会最后一天，彼时，我们已经有半年多没有任何联系了，本以为生命中再无交集的人突然出现在你面前，还说要请你喝咖啡，还是蛮惊讶的。

我们选了临窗的位子落座，在卡布奇诺的香气中，苏锦说："亚娟姐，我现在开始后悔了，当初就不应该听我妈的建议，回家乡做什么银行系统的工作。现在我每天做着自己不喜欢的事情还要强颜欢笑地应对各种复杂的同事关系，真是身心俱疲啊！你说我现在该怎么办？"

苏锦曾是我部门的一位编辑，半年前，因为工作上遇到了一些不顺，加上她妈妈不停地在电话中跟她鼓吹在家乡为她谋求了一份多么安稳的工作，于是，她动摇了。

她提出离职，我并不感到意外。她心有余而力不足，她很努力认真，却始终跟别的编辑之间有点差距，这些我都看在眼里。

但我能感觉到她是真心热爱这份工作。都说兴趣是最好的老师，我相信假以时日，她会做出成绩来的，于是我试图挽留她。

“苏锦，你不要急，你先不要跟其他编辑比，你跟你自己比，你不觉得你已经比刚来的时候进步很多了吗？”我看着她说。

她微微一愣，抬起头来。

“你之所以做书慢，只是因为做图书封面的经验不足，而公司对封面的要求又很高。可是你在写方案方面、做版式设计方面进步都很大。

“你不需要跟别人比，只要跟自己比，今天比昨天进步了一点，就算成功。”

苏锦是来提辞职的，她以为我会很爽快地答应，没想到我会跟她说这些，一时她不知道该回应什么才好。

见她沉默，我问她：“你大学是学什么的？”

她回答：“会计。”

原来她和我一样，都是半路出家，学了别的专业却从事了文字方面的工作，可见是对文字工作足够热爱。

我让她把母亲和我说的话都抛到一边，仅仅遵从自己内心的声音，一周以后，再来告诉我走还是留。

一周后，苏锦选择了离开，我当然尊重她的选择。

这半年多没有她的任何消息，我想她应该是过上了自己想要的生活，并刻意避免跟我这个昔日的上司联系。所以，对于现在突然出现在我面前，并抛给我一个那么沉重话题的她，我一时真不知道如何回答。

窗外，霓虹灯不停地闪烁，五彩的光映照在苏锦施过淡妆的脸上本应熠熠生辉，但她眼中的焦灼与落寞却让她看起来疲惫不堪。

我跟苏锦说：“你的具体情况我不是很清楚，但我的故事或许能给你一些启发。”

年少时，关乎我人生的很多次选择都是由父母做出的，我自己并没有选择的机会，或者说是我没有被赋予自己选择的权利。

中考填志愿时，父亲让我填了师范学校和重点高中，后来我的分数能上重点高中，他觉得我上高中考大学比较有出息。于是，我上了省重点高中。

高二文理分班时，明明我喜欢文科，父母却认为“学好数理化，走遍天下都不怕”，而让我选了理科。

直到高考失败，我的分数和本科无缘，父亲觉得望女成凤的梦想破灭，成天发脾气。

虽然现在在我看来，人生足够漫长，如同一部厚重的书，高考只是其中一页，不管考得好与坏，翻过去就是了。

但当年，对 18 岁的我而言，高考的意义重大，是决定人生成败的分水岭。高考失利，在亲戚异样的眼神和父亲的责骂声中，我体会到深深的挫败感。

在选择复读还是直接上一所大专院校时，父亲选择了让我上大专，他担心我复读不一定能考好。这一点其实正如我意，我也惧怕重过一遍那种每天算着高考倒计时的黑暗日子。

为自己的人生做选择题，是从我离开父母身边开始的。

我是在扬州某大学读的大专，扬州城风景秀美，宛如清新淡雅的江南美女，激发我很多创作灵感。高中时写小说被父母认为是不务正业，现在进了大学，终于可以泡在图书馆读喜欢的书，听喜欢的音乐，写喜欢的文字。

跟单调又辛苦的高中生活相比，大学的生活丰富多彩又自由自在。美好的大学生活中，我给自己的唯一压力是——我一定要考上本科。定这个目标，有两个原因：一是我希望能充分利用大学的时间来提高自己，以弥补高考失利的遗憾；二是当时的就业形势所需，用人单位倾向选择学历高的人才，我希望将来自己求职时不会因为学历而被拒之门外。

学历更高意味着在求职时有更多选择权和自主权，能够选择自己相对喜欢的工作。

就像龙应台在《亲爱的安德烈》这本书中对安德烈说的那样："我也要求你读书用功，不是因为我要你跟别人比成就，而是因为，我希望你将来会拥有选择的权利，选择有意义、有时间的工作，而不是被迫谋生。"

大二时，有了"专升本"的机会，但是高昂的学费却让我有些望而却步，毕竟家中经济条件有限。

我打电话跟父母商量要不要参加"专升本"考试，父亲说可以去试试看，考上后去不去上再说，如果我非要上，只能自己想办法付学费。母亲则坚决反对去考，说供我读大专已属不易，家里弟弟、妹妹上学也急需钱，我不能如此自私，为了自己的前途不顾弟弟和妹妹。

归根到底，父母并不支持我去考试，理由是没钱支持我继续深造。

打电话的那个夜晚我失眠了，辗转反侧，左思右想，最终我决定去参加考试。

这是我第一次违背父母的意愿，也是我第一次为自己的人生做选择题。

我无法想象如果当初不去考试今天会怎样，我只知道，我从来没有为这个决定后悔过。

后来，我通过“专升本”的初试和复试，进入一所重点大学。学费问题是我自己解决的，通过助学贷款和给杂志写文章赚稿费，我顺利读完了大学。并且，在这所大学里，我收获了一份难能可贵的爱情。

也是从那次亲自为人生做选择题之后，我才真正学会了独立。从那之后，虽然父母还是会时不时给我意见，但我仅作参考，每次做选择的决定权还是在于我。

大学毕业进入社会后，面临的选择就更多了——和他谈了这么久恋爱，该不该和他结婚过一辈子？房价下降了，该不该在这个时候买房子？工作做得不是很开心，该不该选择辞职？

对于职场中人而言，最常见的选择莫过于跳槽，这时，身边的人会给你不同的意见，你有时难免会失去主张。

就拿我上一次跳槽来说吧，那次选择比以往任何一次跳槽都要艰难。

我在那家公司创建了女性阅读品牌“蝴蝶季”，从 2008 年 1 月出版第一本带有“蝴蝶季”logo 的图书起，到 2012 年 12 月的整整 5 年时间，出版了上百本图书，也培养了不少原创作者。我的 5 年青春时光在“蝴蝶季”绽放，我的爱好和梦想在这里发芽、生根，我对“蝴蝶季”有着难以割舍的深厚感情。

因此，当新公司几次三番向我抛出橄榄枝的时候，我犹豫了。

新公司给出的薪水也不是很有诱惑力，跟之前的待遇差不多。此时，身边的朋友、家人都劝我留下来，公司领导得知我有去意时，也表示来年给我加薪。只有作者们支持我离开，说如果我到新公司发展得好，他们也跟着沾光。

说实话，当时我真的左右为难，一时间难以抉择。

可权衡再三，我决定接受新公司的 offer，但是提出了一个要求，希望不打卡考勤，不要求每天都去公司，实施弹性工作制。

我提这个要求不是懒得去公司，而是希望如果新工作忙得分身乏术时，我能留有一点时间照顾家庭、陪伴孩子。工作再忙也不能忽略孩子的成长，毕竟孩子的成长只有一次

虽然在新公司我享受的是弹性工作制，但实际上我比从前更努力。因为我要让当时不赞同我离开的人，甚至对我的选择冷嘲热讽的人明白，我的选择是对的。后来，事实证明如此，两年的时间里我给自己交出了满意的答卷。

苏锦听我说完这些，似有所悟，她望着我，真诚地说：“亚娟姐，我明白了，我还是要自己做选择，不要被别人的意见所左右。当初我要是不听我妈的建议回老家，说不定现在已经做出一番成绩了。

实不相瞒，我已经辞了家乡那份安稳却无趣的工作，准备重新做文字相关的工作，我的爱好在这里，我愿意用汗水来浇灌我的梦想，我想，我终有一天会成功，像你一样。”

“如果你说的成功是指遵从自己的内心做自己想做的事，那我可以做你的榜样；如果你是指权力、财富、地位的话，我还差得很远。”我笑了，继续说道，“当然，后一种成功有的话咱也不拒绝。但我还是觉得，无论何时何地，做快乐的自己，能够选择自己想要的生活，比所谓的成功更重要。”

人生就是一张试卷，上面有很多选择题，怎么选择全凭你自己。纵使人生的选择题没有标准答案，选择的时候也要遵从自己的内心，日后少一点后悔，就算不负此生。

而且，你会发现——只要是遵从自己内心做出的选择，你一定会比任何时候都要努力，因为你想用行动去证明：你的选择是正确的。

4

坚持

笑到最后的才是赢家

成功的前提就是要不停地努力

文 / 杨熹文

1

两年前因为减肥开始跑步，跑了半年多终于跑进了正常的 BMI（身体质量指数）。

那之后就一直保持着这样的习惯，每天有空的时候都会跑上半个钟头，或者游个泳，出远门的时候就带上跳绳，晚上找没人的空地跳上一阵子。

只要一整天不运动，当天结束时，便会觉得心里特别不踏实，特别焦虑，觉得自己在过去好不容易甩掉的脂肪，又要从后面追上来了，这想法挠着我的后背，让我的双脚跑得更用力。

不仅在运动方面保有这样的习惯，我对生活中的其他事情也有着类似的心情，如果每天不看一会儿书，不去查一些资料，不吸取点儿新鲜的知识，不去和有趣的人说说话，就觉得这一天被白白浪费掉。

晚上躺在床上，连睡眠都变得艰难。“这原本可以成为更好的一天啊！”碌碌无为后的每一个晚上我都这样想。

几年前看刘瑜的文章《一天长一点》，她在里面写道：每当我一天什么也没干的时候，我就开始焦虑。每当我两天什么都没干的时候，我就开始烦躁。每当我三天什么都没干的时候，我就开始抓狂。不行啊，不行了，我三天什么都没干啊，我寝食难安，仿佛自己亲手杀了三个无辜的小孩。

我猜想，这样的焦虑，大概同属一种心情。

2

之前网上流传一句很有意思的话：“努力不一定成功，但不努力一定很舒服！”

想想二十岁出头的时候，我能在寝室蒙头大睡一整天，也不觉得是浪费时间，逃掉那么多的课与活动，舒舒服服地在宿舍躺着，竟觉得这笔交易值得，毕竟最坏的结果也不过是期末成绩比室友少上二十分。

现在已经不行了，要是哪一天发现起床时已经过了八点钟，便一定觉得像与五百万失之交臂，非得在接下来把时间用出二倍的功效。

用朋友的话说：“努力这件事，现在已经彻底变成你体质的一部分了。”

越长大越发现，同一个自己，在一个圈子里是“活得太过努力”的人，而在另一个圈子里是“让努力迟到了太久”的人。

二十岁之后，可以选择把一个晚上的好时光用在微信群里闲聊，觉得青春还在，浪费一点也无妨，却也可以花同样的时间去读一本好书，保持学习的能力，并且看到自己和别人相比，还有很长的距离去努力。

二十岁之后，可以选择周末时抱紧被子在床上过一整天，也可以早早起床去跑步，沿着路边奔跑，看太阳升起。

二十岁之后，可以选择去和那个啃老族的朋友相比，觉得自己过得还不错，也可以去看看那个创业的青年，在一年里用拼命模式做出的成绩。

二十岁之前，不努力是很舒服；二十岁之后，不努力就很焦虑。

去优秀的人的圈子里看一看，那里才是最精彩的成人世界，生活会一直不断地呈现给你它最公平的一面，每拥有一点进步，世界就为你多开一扇窗。

3

去华人音乐会，遇见一个说中文的白皮肤姑娘，她做自我介绍：“我叫兰娜，是个律师。”

我称赞她的中文名很好听，她用完全没有口音的中文回答：“你不觉得这个名字特别农村吗？”

她捂着嘴笑，我心里却感慨，一个白皮肤姑娘从11岁开始学习中文，把它学到炉火纯青的程度，而多少人和我一样，曾经立志学一门语言，却用万千的借口告诉自己“没时间”？

几天前去洗照片，在自动洗照片机器前犯了难，屏幕上太多的选项让我恐慌，一个五十几岁的女工作人员走过来，告诉我各个按钮的用处。

我怔在原地，看她欢快的背影离开，很多时候我们都在克服一种焦虑，一种“不进则退”的焦虑，而克服并且战胜它的最好方法，就是保持努力的状态。

很多人都和我一样，曾经纠结，努力到底能不能改变人生啊？

我是一个因努力而改变了人生的姑娘，却也是信命的人，有时候我猜想有些人的成功，是不是生来注定，却偏巧在下决心后的那一刻发生？还是他们的成功，一定从这持续不懈的努力中而来？

有太多言论告诉我们，这人生有一些愚蠢的无用功努力，并不会让一个人的成功来得更早。

然而在我所遇见的大多数成功者当中，也许有些人的成功从幸运中来，但是任何人的成功都维系在努力的前提下。

对于很多种成功，直到现在我说不清到底是命还是坚持的作用。

但是我可以很肯定地告诉你，努力不一定成功，但是不努力一定很焦虑。

如果有一天我遇到了什么不幸，就要和此生告别，在那生命的最后一刻，我会觉得：“这辈子没有什么遗憾的，我尽力了，活得足够精彩。”

这就是努力的意义吧，我想。

逼出来的有为青年

文 / 宋小君

2014 年，在烟台写一个关于红酒的偶像剧。

因为是边写边拍，所以格外辛苦。

常常是通宵达旦，整个剧组眼巴巴地等着剧本，今天晚上写不出来，明天整个剧组就无法拍摄。

到了凌晨两点之后，我和编剧团队，常常写到一种灵魂出窍的状态，那个刹那谁也不认识谁，谁也不想跟谁说话，甚至彼此都想砍死对方。

一集剧本写出来，导演来了，大家开始“角色扮演”，从头到尾地跟着角色们演一遍，不好的地方，改；再不好，再改。等定稿的剧本发给统筹，天色已经蒙蒙亮，我们结伴出去吃早饭。

街道上，寒气袭人，跳广场舞的大爷、大妈刚起来，做着热身活动。

剧组居住的酒店就在海边，吃早饭之前，我们常常沿着海边跑步，生怕因为连续熬夜失去了食欲和性欲。

吃完早饭，我们回到酒店，戴上眼罩，倒头昏睡，不知今夕是何夕，累得连春梦都不做了。

醒来之后，大多是中午，爬起来洗个澡，再凑到电脑前，接着写接下来的剧情。经常产生想要把女主角写死、男主角写成植物人的冲动。

导演 50 岁，入行 20 年，精力旺盛得像是非人类，在片场为了保持头脑清醒，中午不吃饭，靠烟和咖啡续命。

拍了一天，他晚上回来跟我们讨论剧本，常常因为一个好情节上蹿下跳。他一天睡不到 4 个小时，经常是凌晨两三点跟我们讨论完剧本之后回酒店，第二天早上 7 点出发。

在片场，导演同样是上蹿下跳，骂天骂地，事无巨细。

我们问他哪来的这么多精力。

答曰，热爱。

热爱归热爱，我也热爱姑娘，可是让我二十年如一日，每天跟不同的姑娘约会，我怕也会疲倦。

导演见我们一个个面有菜色，担心剧本还没写完，编剧首先会精神崩溃。

于是，导演讲述了自己是如何“男怕入错行”的。

导演学的是兽医专业，毕业之后，先是服兵役，退伍之后，找不到工作，最后进了养猪场。直接负责的工作有两个：一个是给公猪配种，另一个是给母猪接生。

这样的工作干久了，导演觉得生活没有色彩，副作用也很多。

每天与猪为伴，不是他想要的生活。

于是，他下决心离开养猪场。

先是去车间里工作，工作的内容就是挑拣零件。将一大堆零件导入筛选器，通过的进行分类，没通过的做好标记。日复一日，机械的工作每天重复，让他感到生不如死，后来发展到他每天去上班前都要给自己做心理建设。

他又毅然辞职，听说街头小吃赚钱，就租了个小摊，每天卖捞面，一直卖到看到有人吃面自己就想吐。

这份工作也终究作罢。

一个偶然的机会，他发现电视台在招聘摄影助理，心想影视行业总比现在的工作好，每天拍戏又有美女看，工作内容应该不会枯燥。

于是他赶紧报名，如愿以偿地成了摄影助理。

但一开始，他只能搬苹果箱，扛轨道，推大炮，除了摄像正反打，其余一无所知。

但好在他年轻，勤快，又肯卖力气，终于有了负责B机的机会（电视剧常规拍摄一般分为A、B两台摄像机，A机为主，B机为辅）。

他开始琢磨，是不是带点前景，人物的样子更好看。

低位拍能拍出一种不同的情境。

拍动作戏的时候，开始练习跟焦。

他想着怎么用一些巧妙的方法能实现电脑特效都做不到的效果，他开始研究镜头语言。

他每天收工回家很晚，抱着摄像机，手眼并用，疯狂练习跟焦。

练习一两个小时之后，到了凌晨三点多，他赶紧擦干净机器，洗个澡，睡两个小时，五点起床，收拾停当，六点半要提前赶到片场，准备开工。

他那时没有钱，就吃曾经看着都恶心的捞面，不加肉，清汤的。

行内有个说法，一般而言，三年成就一个摄影师。

但三年对他来说太久了，既然需要三年才能真正掌握这门技术，他就利用一切可以利用的时间，少睡觉，多练习，缩短这个训练过程。

一年半之后，导演自己掌 A 机，跟焦速度业内数一数二。

我回去看小时候看过的很多著名电视剧，摄影都是他的名字。

成为知名摄影师之后，他仍不满足，开始钻研剧本，拍得多了，想得多了，熟能生巧，对故事有了独到的理解。

再往后，他就做了导演，带领着自己的团队出来打天下，慢慢形成了自己的风格。他拍戏快、准、狠，节奏紧凑，情感细腻，坚守自己的节操和情怀，不碰抗战戏，不碰婆媳关系的戏。

导演讲完，叼着烟，还沉浸在自己的峥嵘岁月里，为之四顾，为之踌躇满志。

我们都受到了鼓舞，反应过来，又突然觉得他回忆往昔是个毒害我们的阴谋。

但我们还是像加了油一样，目露精光，又开始冥思苦想剧中人物命运的走向，为之唏嘘，为之茫然，为之悲怆落泪，为之打板而歌。

最后三集我们用了两天三夜写完，人物有归宿，情感有升华。编剧们虽然已奄奄一息，但最后一夜还是有一种回光返照般的兴奋。

当时距离杀青还有 10 天，导演仍旧在片场上蹿下跳，骂演员双眼无神，和制片组斗智斗勇。

他马不停蹄，全年无休，不是在拍戏，就是在筹备拍戏，这是我所见过为数不多的用生命在拍戏的导演。

我多少有些汗颜，虽说常常自诩热爱这份工作，自诩能吃苦，但跟他这样的人比起来，我还是贪图享乐。

要做个有为青年并不容易，要等机遇，要玩儿命努力。

让自己的生命能量燃烧得剧烈，原动力就是“热爱”。

除此之外，还有一点，也不容忽视，那就是“逼”。

自己逼自己上进，自己逼自己有为。

就像曾国藩说的，天下事，有所激有所逼者成其半。

热爱自己所爱的，做一个被逼出来的有为青年。

我也曾在深夜，一个人流着泪吃饭

文 / 夏与至

1

日剧《四重奏》里有一幕场景我印象很深，卷真纪看着一边流着泪一边大口吃饭的世吹雀，有些释然地感叹道：“哭着吃过饭的人，是能够走下去的。”

我当即被这句台词戳中了，截下了图，然后发给朋友，和她感慨地说道：“不知为什么我一看到这句话，就想到了自己，突然间好想哭。”

朋友回应道：“我也是，想起来我刚来北京的第一晚，就是流着泪吃完了一碗牛肉拉面，不是因为面汤咸，而是我实在太想家了。”

这么聊着聊着，很多封存在我脑海里的记忆瞬间翻涌了出来，点点滴滴，皆让我难以忘怀。

2

高一那年，我离开了家，到离家很远的地方上学，每个月只能回一趟家。

虽然不是第一次出远门，可我身处一个完全陌生的地方，却还是会感到孤单和不安。

那时的我沉默寡言，内向木讷，身边没有一个熟悉的朋友，又不太会和同学聊天交流，所以总是踽踽独行，到哪儿都是一个人。

高一的一次放假，因为家人有事在忙不能赶来接我，我只能在学校留宿一晚。

那天同学们早早就坐车回家了，教室里空荡荡的，宿舍也是，同学都走光了，就只剩我一个人。

以前觉得宿舍里吵吵闹闹的，让人心烦意乱，而当我面对着空无一人的房间和床铺，却倍感孤独。

为了打发时间，我坐在椅子上看起了三毛的《撒哈拉的故事》，没想到我看书入了迷，不知不觉间我竟从下午五点看到了晚上八点半。

我急急忙忙地拿着饭盒赶到食堂，可食堂却早已关门，我一个人失魂落魄地走在偌大的操场上，心里难过急了，我难受得想要大声叫喊，但是自己身边却连一个可以倾诉的朋友都没有。

无奈之下，我只能去学校的小卖部里买了一包方便面，打算晚上靠泡面充饥。

整幢宿舍楼都很安静，几乎听不到任何脚步声，我一个人坐在宿舍的椅子上，将滚烫的开水倒进盛着方便面的饭盒里，然后盖上饭盒盖，坐在一旁等待。

这时，我的肚子叫了起来，似乎在宣泄对我的不满。我饿极了，还没过三分钟，便迫不及待地打开了饭盒，一瞬间，腾腾的热气迅速在周围散发，方便面还没有完全泡好，但也已经软了许多。

就这样我不管不顾地吃了起来。

平时我并不喜欢吃方便面，那是我上高中以来第一次在宿舍吃泡面，而且还是一个人。

现在，我已经完全忘记了那包方便面是什么口味的，或许是红烧牛肉，又或许是葱香排骨面，我记不清了。

我只记得，那碗热腾腾的泡面并没有包装上看起来那么美味，它就只是一碗普普通通的面而已——没有牛肉，没有蔬菜，连一个简单的荷包蛋也没有。

比起家里美味可口的菜肴，它平淡极了，也逊色多了，但那个味道让我永远难忘。

我一边吃着，一边想到了家，想到父母，同时还想到了月考自己那一塌糊涂的成绩，以及自己和同学间糟糕的人际关系，不知不觉间，眼泪簌簌落了下来。

可是，我实在太饿了，以至于我连眼泪都顾不上擦，含着泪大口大口地吃完了剩下的泡面。

那一晚，我睡得并不踏实，翻来覆去睡不着，我心里的惆怅如窗外的月光一般，清冷又绵长。

独处虽然冷清，但却能让人清楚地看到自己的处境——也是从那时起，我慢慢成长，变得更加坚强了。

3

高三最后的一个月，我成绩十分糟糕，没有哪一门科目能够让老师和家长满意，而我也渐渐对自己失去了信心。

那会儿，我父母像是有种我不可能考上好大学的预感一样，虽然对我仍是鼓励，但却不再提及之前他们为我定下的重点大学的目标了。

离高考还剩最后三天，我特地从学校赶回家复习，打算为高考做最后的准备。

家人依旧为我做了很多我喜欢的饭菜：酱焖排骨、红烧肉、番茄炒蛋和参鸡汤，他们一个劲儿地夹菜给我，目光却已不如之前那般热烈期待。

母亲以一种非常平静的语气对我："孩子，你多吃点肉。高考你不用那么紧张，放宽心，我也不求你上什么重点大学了，你尽力就好了。"

父亲也应和道："是啊，你尽力就好，尽力就好。"

他们的眼神有种难以掩饰的失望和无奈，他们早已就不奢望我能在高考中考出什么好成绩了。

其实我更希望他们鼓励我，就算是责怪我最后一次全市统考为什么考砸了也好。

可是他们没有——他们像是面对一个被判定了结果、无法改变现实的人说了一句安慰：没关系，你尽力就好。

那顿晚餐非常美味，可是我却食不下咽，我囫囵吃了些饭，就以复习为由匆匆逃回了房间。

我想，他们一定是对我太失望了，他们已经放弃我了。

大概也是被他们放弃后，我才开始意识到自己无论如何都要用尽全力去努力。

毕竟，我真的真的不想再让谁继续失望下去了。

那天晚上，我熬夜看书到凌晨三点，脑子被各种晦涩难懂的公式、定理占据，整个人不仅困得眼睛干涩，连肚子也变得空空如也。

我实在饿得不行，只好蹑手蹑脚地走进厨房，偷偷拿了一袋面包片回房间。

只是蝉声四起的闷热夏日，哪怕到了深夜，依旧热得让人大汗淋漓。

我的房间里没有空调，我只好忍着热，一边吃着面包片，一边翻看整理好的错题集。

那时候，我对遥远的未来充满迷茫，更对即将来临的高考心生恐惧，一想到成绩单上自己惨不忍睹的成绩和父母那失望的表情，我的眼眶渐渐湿了起来。

眼泪顺着眼角落在笔记本上，晕开了曾经的笔迹，一点一点地，我的视线慢慢模糊了。

我也忘了那晚自己是什么时候才睡着的，只知道第二天一大早就被父母的说话声吵醒了，我睁开眼发现自己不是睡在床上，而是趴在书桌上。

直到高考最后一晚，我仍在拼命地看书复习，心想纵使失败，好歹也要输得漂亮一点。

我就好像抓着一根稻草——哪怕那是最后一根漂浮在水面的稻草，我也要用力地抓紧它，就像抓住仅剩的希望。

7 月，高考成绩出来，虽然依旧不太理想，但比起我最后一次统考的成绩高了几十分，总算让失望的父母脸上露出了一丝微笑。

曾经的失望最后变成了希望。

4

20 岁那年暑假，我一个人在南京找了份实习工作。

那份实习工作烦琐、辛苦，工资却微薄，于是我只能住那种最简陋的出租房，没有空调和独立卫生间，大夏天的还得和一大群人挤一个卫生间。

朋友曾经问我为什么要那么早实习，他们大都趁着那难得的假期去想去的地方旅行，做能让自己高兴的事情。

“那么热的天，你一个人住一定很寂寞吧？”去马尔代夫度假的森发微信问我。

一时间，我竟不知作何回应。

想起很久之前看高木直子的绘本《一个人上东京》，那会儿我对独居完全没有概念，也不知道一个人究竟要怎么生存下去，却莫名其妙地对那样的生活充满向往。

就好像安东尼说的那句话：那些我们一直惴惴不安又充满好奇的未来，会在心里隐隐约约地觉得，它们是明亮的。

8 月里的一天，南京的气温高达 40℃，柏油马路被晒得好像快要融化，热气氤氲在整座城市上空，我整个人被滚滚的热浪和难闻的汗水包裹着，难受极了。

那晚我因为工作失误，被老板劈头盖脸地骂了一通，还不得不留下来加班，直到晚上 10 点多才回到出租房。

这一次，我连泡面都没得吃，就只顺便将电饭煲里剩下的米饭热了热，放上油盐搅拌几下，就狼吞虎咽地吃起来。

我一边吃一边想，南京的夏天究竟什么时候才能过去，油盐拌饭并不好吃，而我已经有好几个星期没有吃肉了。

我心酸难受，泪水瞬间流了下来，可我依旧饿着，只能一边流着泪一边吃着饭。

直到 8 月份结束，我怀揣着微薄的工资离开了那个破旧的出租房。

5

日子被汗水打磨得越发光亮，走过艰难的时刻后，路也慢慢变得平坦宽阔了。

我没有再在深夜里吃过油盐拌饭，却清清楚楚地记得那种平淡苦涩的滋味。

后来我每当看到“不曾在深夜痛哭的人，不足以说人生”这句话，总是会笑笑，心想，我可是那种曾经在深夜中，一个人流着泪吃饭的人呢。

以前一直以为，凡事只要努力，便会得到想要的结果，但这么多年过来，我才发现自己错了。

生活从不会把你喜欢的美味佳肴摆在你面前，很多时候，你的选择就只有那些平淡无味的泡面、面包和拌饭。

但是，你不能因为它们难吃就拒绝下咽，你要把痛苦和绝望咀嚼成糖，用汗水为它们加上厚重的调料，哪怕是一个人在深夜，流着泪也要把饭吃下去。

将所有失望惆怅留在昨天，不管昨夜经历了怎样的泣不成声，早晨醒来，这个城市依旧车水马龙，而自己依旧要继续走下去。

别害怕，你的伤口就是你的真经

文 / 十三夜

1

有时候，我会想，与我一样的同龄人，下班后，或是晚上10点以后，都会在做什么呢？

但是此刻，我已经在键盘上敲下这些文字，其实一开始，我也不知道自己到底要写什么，但又不得不承认，最近，我的生活发生了一些本质的改变，也让我有了不一样的思考。

这些改变背后，都是由一件又一件真实发生的事件构成的，这些事件如果用另外一个词语来描述，我想称它为世间事。

我所历经的世间事儿，就是我最好的修行。

再次去机场送父亲，是因为母亲病重，父亲不得不放弃自己手头的事，回家去打理一切，母亲需要陪护，老家田里的稻子需要收割，还有各种琐碎的事儿，也需要去处理。

关于原生家庭，一直是我不太愿意去提及的，因为，在我的成长里，父亲一直都缺席。

直到父亲在电话那头跟我道歉，他说，这些年来，他都亏欠了我，也亏欠了整个家，他知道我心里有怨气，在我的成长里，他很少关心我，所以，就算我恨他，他也不怪我。

他知道我因为母亲的事儿失眠、哭泣，甚至不愿意任何人交流，所以，他在电话里劝我，让我坚强一点，让我面对现实，他安慰我，让我不要哭。

他说，他支持我去做喜欢的事儿……这是第一次，父亲这个概念在我心里开始由模糊变得清晰，纵使他只是拥有各种缺点的普通人。

可是，在他鼓励我的那个瞬间，他忽然变成了一座山。

纵使他并不完美，但我也愿意用余生的奋斗，去善待他，去孝顺他。

2

把父亲送回家后，我请了两天假，也把自己关在房间里整整两天，在那两天里，我不愿意跟任何一个人说话，难过了，我就哭，哭累了，我就打开电脑继续写字，要不就是看小说，仿佛只有从文字里，才能找到一点点力量，找到一点点安慰。

同时，我也在不断地反思，我要怎么去面对我的家庭，我的工作，我的生活，以及如何去面对自己真实的内心。

或许是年少时经历的一些伤口，在我心里结的痂够硬，以至于，在面对一些新的伤口，或者是一些伤口又被重新撕开时，我才发现，我自我治愈的能力变得越来越强了。

我做了一个新的决定，这个决定叫作：我无法改变已经发生的事情，但我可以去改变自己，让自己再好一点，更好一点。

或许有一种成长就叫作：就算遍地都是荆棘，你也要忍着疼，厮杀出一条血路。带着这样的信念，我重新调整了自己的状态，梳理了过去，现在，以及未来的一些关系，在一些思考与分析之后，我全情投入到我的工作里。

未曾想到，休整之后的第一天工作，就加班到凌晨，那天回家，我发现，我租住的公寓大楼失火了，三四辆消防车出现昆明白塔路凌晨的街头，7楼的人家里被烧成一片废墟，整栋大楼被浓烟充斥着，我因为加班，逃过一劫。

那个瞬间，我感觉，我就像是被命运眷顾的姑娘，冥冥之中，好像有什么在守护我一样。

即使我一个人独自生活，独自打拼，也能够平平安安的。

3

我看着镜子里的自己，依旧白白净净，清清瘦瘦的，眼睛里好像写满了故事。

我还是以前的我，可好像有什么东西变得不一样了，我不知道要怎么形容，或许，是我真的有了新的成长，也正在改变中。

无论是工作，还是工作之外，我都无比珍惜时间，珍惜每一分能学习的时间，跟着团队小伙伴一起开团队会议，一起交流，分享，复盘。

想把昆明分社做得更好，再好，想让它成为这座城市的一盏灯，也想让它成为我们心里的一盏灯，毕竟，每一次策划、宣传、活动执行，每一次的运营，每一次的课程学习，每一次的战斗……这里面，都铭记着我最美好的年华，我最好的青春，也铭记着我的眼泪。

它的成长，亦是我的成长。

我们的团队，是由一群有梦想，有情怀，又有担当，又勇于去接受挑战的姑娘组成的，每一个姑娘的努力，都值得被尊重。

我相信，一颗小小的种子，只要好好培育，给它水分、阳光、能量，它一定可以长成参天大树的。

我又认认真真去了解我们的产品，研习社，创新学院，以及训练营，我会以用户的角度去做出一些思考，想让这些思考能够在每一次品牌宣传，每一次运营时，都能够有更好的作用。

也渴望自己去传达它的价值与意义，也期待更多的人因此而受益。

这一点初心，从未改变过。

当然，工作也只是生活的一部分，除了职场人这个标签，我还是一个真正的写作者，我有自己的作品，有自己的读者，有许多时时刻刻关注我成长的人。我会意识到，我不仅仅只是我自己，无论是亲人，还是读者，或是朋友，所有这些人，都是对我有所期待的，他们希望我成长得更好，希望我越来越优秀。

同样的，我自己不仅仅只是为自己而活，我也期待自己成为一个真正有影响力的“90后”青年作家。不负青春，也不负自己。

我想用我的余生去奋斗，去奋斗出一个有意义的人生，我想，做一些利己利他的事儿，想一生纯善，传递光与热。

4

所有种种伤口，都会成为我的力量，抵御风雨，抵御一切寒凉。

你迎着风，告诉自己，现在才是开始，去努力，为了所有一切值得的事。

最好的修行，是用血与泪，种下一颗种子，开出最绚烂的花

文 / 十三夜

1

从对肺炎的恐慌中醒来，昆明市里 41 楼的窗外，蓝天白云，阳光明媚，哪里不一样了呢？或许是因为要收拾行李，为明天早上 6:50 的航班做准备。

细数了时光，整整两年了，我没有回过老家一次，一起长大的小姐姐结婚了，我没有出席；一起长大的闺蜜结婚了，我没有出席；母亲住院了又出院，自始至终，我也没有出现。

这期间，见过父亲两次，第一次是去机场送他，另一次是母亲住院，他从福建回老家，我去机场接他。

没有一次不是离别，我目送着父亲在人海里被渐渐淹没的身影，故作若无其事地潇洒转身，等从回忆里抽离出来，才发现自己早已红了眼睛。

这两年，是我独自生活的两年，亦是我在职场里拼搏的两年，

我将自己放逐于人海，把自己丢到高温高压的熔炉里淬炼……

2017 年 6 月，我公务员考试落榜，与喜欢了 7 年的男友分手，离开芒市小镇的那个晚上，雨下了整整了一夜，我也哭了整整一夜。

我把飞往昆明的机票退了，在电话里哽咽地对母亲说，我不想离开家，我怕极了外面的世界。

纠结了整整一夜，第二天早上，睁开红得像兔子眼睛一样的双眼，我打开手机 App，又重新买了一张机票，考场失意的闷闷不乐，加之多年感情的无疾而终，离开，似乎成了我唯一的选择。我想着，换一个城市生活，纵使我知道那个决定意味着——作为一个没什么背景可以依靠的姑娘，独自在外闯荡，势必会更加辛苦。

但我义无反顾，至今也没有回头。

2017 年的夏天，我还是留着黑长直发，脸上挂着婴儿肥，说起话来轻声细语的姑娘，那时的我，并不知道生活馈赠给我的会是什么。

但我打从心里相信：哪有什么前途未卜，进一寸有一寸的欢喜。

怀着一颗至善的心，但行好事，莫问前程。

2

时间的流逝，总是让你来不及反应，待我再次回过神来，我已经置身于东南亚的异国小镇，甚至我已经想不起我与那个叫英子的姑娘是怎样拖着一个大大的行李箱从磨憨口岸抵达老挝的琅南塔。

抵达琅南塔的那个午后，中国已经进入冬季，地处热带的老挝却像夏天一般炎热，语言不通的我，只能靠英子。英子在泰国做过两年的交换生，英语专业的她不仅能用英语跟外国人交流，同时也能用泰语交流。

作为泰国隔壁邻居的老挝人民，听得懂泰语，谢天谢地，在去吃早餐的时候，我只好让英子给我翻译——辣椒少一点，不要加葱。阿弥陀佛，他们听懂了，我愉快地吃完了一碗加了薄荷与酸柠檬汁的米干。

Boss 王是我人生中第一个给我开月薪的 Boss，他下了一条指令，让我和英子自己买菜做饭吃，每天早上，英子要带着我去琅南塔菜市场，当我看着一窝老鼠被贩卖的时候，目瞪口呆地问英子，为什么要吃老鼠？英子只好见怪不怪地给我回了一句，昨天晚上路过的烧烤摊，不是还在烤青蛙吗？

我看着英子，重重地点了点头，心里想，我果真是没见过什么世面。

因为天气炎热，菜市场的肉类总是吸引着一群群苍蝇，刚去的那几天我只敢吃菜籽油煮青菜，实在不敢吃肉。

最后英子劝我，乖乖，你还是要吃点肉，不然你真的会生病，你的营养不够，免疫力会下降的，我们带来的常备药如果不够用的话，去输液很容易被感染的。哦，那画面，我不敢想。

英子对我一番劝慰之后，我终于强忍着菜市场看见的画面，吃下了已经被热油炒得看不出原样的肉。

后来的一个夜晚，老挝时间，凌晨 3 点，我们住在酒店，实在太饿了，睡不着，中国餐馆已经打烊，我们拿出老挝纸币去前台买了碗泡面，我和英子吃着那碗盗版康师傅，满足得已经不敢再去纠结所谓的悲伤逆流成河。

那个瞬间，我只想吃一碗昆明的小锅米线。

我和英子因普洱茶结缘，回国以后，英子继续从事着普洱茶行业，而我，转身投入到互联网创业型公司里，成了里米团队的一员。

英子惋惜地对我说，从一个小白开始学茶，到已经熟悉一个门店的管理以及茶叶知识和销售，况且你在茶品鉴方面有灵气，你就这么放下了？

我说，我在一杯普洱茶里，已经读懂了我自己，我心里依旧放不下文学写作，哪怕只是从事与写作相关的一点点，我都打从心底热爱。

多年后，我似乎还能看见身穿黄色的袈裟，沿街等待布施的和尚，排列着，等待信徒把糯米饭等食物献给他们，湄公河畔的落日是独一无二的绝世风光，琅南塔古寺塔尖悦耳的风铃声牵绕在记忆里，久久不肯消散……

其实，异国的月亮与家乡一样圆。

3

喜马拉雅里米创媒的创业类知识节目，曾登上过喜马拉雅 App 首页，我入职的时候，创始团队已经接近尾声……

2017 年年末，知识付费如火如荼，赶在前端的某某自媒体大神早已实现巨额盈利，无数平凡而又普通的年轻人，正在用知识输出实现逆袭。

“阿夜，你把《金字塔原理》《结构思考力》《万万没想到》……的框架用思维导图梳理出来，我看了你的文章——阅读量虽然很高，但是情感有余，逻辑不足。从现在开始，你要学会不断构建自己的知识系统，增强自己的逻辑能力。”沈老板说完，我一脸崇拜地看着他，简直是个高手，能一眼看清楚团队成员的核心问题，并给出有效的解决方案。

这是我在职场学习到的第一个技能，学会用思维导图梳理一本书的结构框架，在这之后，我会用思维导图在大课现场作速记笔记，并在活动执行结束之后快速写出活动通讯稿，编辑、排版、审阅、推送，宣发。

至于公众号排版没有人教过我，这是我在大四的时候，凭着兴趣一边百度一边自学的，彼时，我的一篇推文曾被几十家自媒体编辑要授权转载推送，第二本书正在结集出版中……闺蜜小七曾推给我十几个不同的公众大号排版风格，而后，丢给我一句话，狗子，你自己慢慢研究。

2018 年 4 月 1 日，混沌昆明分社举办了第一季线下开学典礼，那是我第一次执行线下活动，第一次作为工作人员给混沌入学同学亲手戴上红领巾。遗憾的是，那个时候，我还没有意识到，我已经在从事着班主任的工作。

7 月，团队小伙伴一起抵达杭州萧山参加超级团长营，彼时，少浮（诗人）小哥哥已经从团队离职了几个月，我在团长营，第一次与教授合影，也认识了许多小伙伴。那是第一次，我对线下训练营学习有了真正的感知。

活动结束后，副社长带着我们去参观了浙江大学，我被不知名的虫子咬得两条腿全是疙瘩，又红又痒。

在西湖的半山腰，我们在纯真书吧度过一个文艺闲适的午后。

从杭州到上海，从上海到东京，又从东京到杭州，再到北京，从深圳到巴厘岛，从昆明又到苏州……我们辗转不同的城市，也在不断地学习。从内容撰写到文案策划、从社群运营到社群精细化运营、从活动组织到活动执行、从用户 1V1 触达到班主任工作学习……我的能力边界，在被一点一点打破。

从开始的一无所知，到最后的独立思考，从一个对商业排斥到最后能欣赏在商业上有所建树的职场人，团队的每一次成长，亦是我的成长。

我曾告诉自己，最好的修行，是在你的伤口上，用血与泪，种下一颗种子，而后，开出最绚烂的花。

原来，我也一个人，走了很久了。

文字尚且稚嫩，可是足够真诚，庆幸的是，我们还在路上。

成功的公式里，总少不了坚持这个要素

文 / 大牙秦

1

毕业两年，程海谣忽然收到蒋放的消息。

他说："我来北京出差，见一面？"

程海谣犹豫再三，才回了一句"好"，扔下手机，穿过拥挤的桌椅，站在穿衣镜面前。灯光昏暗，程海谣看不太清自己的脸，只看到睡衣松松垮垮地挂在身上，楼下房东家的狗又开始狂吠，晚归的人骑着摩托"突突突"地闯进寂静的夜，程海谣忽然有些想哭。

2

程海谣和蒋放曾是很要好的朋友。

两个人都有些许才华，一个生来一副好嗓子，弹着吉他，光渐渐暗下来，他却像是要发光，像是为舞台而生的。一个妙笔能生花，大大小小的征文比赛奖项拿了很多，在学生时代便出了两本书，成了小有名气的大学生作家。

因为梦想凑到一起的人总不在少数。

大家各有各的凌云壮志，眼里全是意气风发，嚣张的野心从来不去遮掩，言语之中皆是豪情漫天。

程海谣说，她要进军影视，做编剧，做大编剧。

蒋放说他要去唱歌，要红，要大红大火。

他们倾吐梦想之后，相视一笑，举杯，杯子里的啤酒泡沫一点点溢出来，膨胀得无处安放。

最先觉得那些梦想有些失真的人是蒋放，彼时，蒋放参加了某歌唱比赛的区域选拔赛，从前，他没见过什么大神大佛，以为自己就已经足够有才华，差的只是一个平台，一次机会，可当他真去参加了这次选拔赛，才晓得山外有山、天外有天，这世间有才华的人实在太多了，等着这个平台，这次机会的人也实在太多太多，他有种才踏出山门，便淹没在人群里的挫败感。

那已经是大四，秋招初始，蒋放也开始找工作。

程海谣问："蒋放，你想找什么工作？"

蒋放瓮声瓮气地回答："什么工作都无所谓。"

程海谣吃了一惊，打量了他两眼，却不知这样探究的目光于蒋放而言无异于针扎，蒋放气恼起来，声音冷漠地说："程海谣，你还没从你的春秋大梦里醒过来吗？我们都是普通人。"

说罢，蒋放匆匆离去，程海谣站在原地，辩驳的话往嘴边涌了又涌，还是砸碎在舌根下，成了一声缥缈的叹息。

3

眼看着蒋放一次次碰壁，少年意气慢慢被磨尽，程海谣也有些慌乱，抓了个契机，便说自己想要考研，非科班出身，靠着运气就想闯荡出一番天地，程海谣心里实在没谱。

她准备得晚一些，平日里又没经受过什么艺术熏陶，只一本艺术大综合、一本艺术概论就足够她头大。匆匆忙忙，慌慌乱乱，不知道自我否定了几百次，她茫然地上了考场，又茫然地以四分之差落榜。

四月初的某个晚上，她看到分数线，嘴巴正啃着的炸鸡“吧嗒”落地，随即而来的还有藏在她眼睛里的一场暴雨。

彼时，蒋放已经找到了一份高薪工作，见她考研失败，劝过她两次，要她认清现实，不要再痴心妄想。

程海谣和蒋放大吵了一架，程海谣边哭边叫：“你毁掉你自己的梦想就算了，就不要再干预别人的人生了好吗？”

蒋放冷着眼睛答：“那我倒要看看你靠着这白日梦能活出什么狗样！”

后来，两个人的状态大抵像是绝交。就连毕业散伙饭，也不曾再开口说上一句告别的话。

两个人各有各的苦，各有各的坚持，谁都说服不了谁，都只能憋着劲儿期望能活得比对方更好一些。

4

离校后，程海谣选择去了北京，她想，北京遍地都是影视传媒公司，总能遇到合适的机会。

可她没想到的是，北京这么大，遍地都是机会，可这里有才华的人也遍地都是。萤火之光和漫天星辰相比，总是弱了些，程海谣最终也没能如愿以偿地找到一份编剧的工作，只进了家影视传媒公司，做文案。

工资低倒不是什么要紧事儿，真正让她感到疲惫的是，她总觉得跨进传媒圈，便离自己的梦想近上一步，可日复一日地机械工作让她越来越迷茫。

她甚至觉得，也许蒋放才是对的，既然耗费一生都未必实现，还不如找份高薪的工作。

她安慰过自己无数次，后来，文案工作做得还可以，领导准备给她加薪，叫她去谈话，问她工作得是否开心时，她忽然愣住了。

程海谣这才惊觉，她竟然被这种安逸的生活一点点腐蚀，不再想做任何的挣扎。

可她不开心啊。

她告诉自己一万遍，是为了梦想，可她那么努力，梦想却还是那么远，反而是她的坚决在不知不觉中被一点点瓦解。

程海谣用了两天时间将一切梳理清楚。

5

程海谣辞职了。

她觉得从前她那些“曲线救国”的话只是止痛药而已，铲除不了病灶。

她开始重新规划她的路。

这次，她目标明确，只想往编剧靠拢。

她开始寻找招聘信息，投简历，在做文案的一年多里，她少有作品产出，简历里除了大学时曾出过两本书，再没有任何闪光点。

没有工作的第一个月，程海谣日日担忧，头发成把成把地掉，戒掉了零食，学会喝白开水，搬家到六环，很偏僻的一座矮矮的楼房，隔音效果很差劲，房东的脾气很臭，可那又有什么办法，房租很便宜。

她和朋友去过后海，那是下午，她溜达了一圈，三四点钟，驻唱的歌手便已到场，店里三三两两传来歌声，她经过的时候，往里看了一眼，眼睛花了花，似是看到大三那年在新装修好的二餐厅里唱歌的蒋放。

满是少年志气。

看啊，一个蒋放放弃了，还有无数个蒋放在锲而不舍地追求着自己的梦想，弹着吉他，唱着寂寥的歌。

6

朋友介绍给她一份编剧助理的工作，工资很低，可程海谣却觉得像是泡进了幸福罐头里。

她跟的编剧脾气一般，碰到编剧压力大时，她做错事情会被骂到找不到北，被骂得狠了，她只抿着嘴不说话，回到家里，用棉被蒙着脑袋大声地哭一场。

没什么钱，买菜总是要跟商贩再三还价。两周吃一次排骨，很久都没有买过新衣服。

每天出门前，程海谣都打气，没关系的，一切都没关系的。挨骂没关系，穷没关系，反正年轻，还能为着梦想凭着热血伤筋动骨折腾一番。

可听到蒋放要来的消息，她还是有些不安。

她怕蒋放看到自己惨兮兮的样子，轻视了她的梦想。

蒋放要来的那一天，程海谣早早地便起来梳妆打扮，穿最贵的衣服，涂最贵的口红，没有什么背的出门的包，索性就不背，出门前，她照了镜子，觉得自己像是个欲盖弥彰的小丑。

7

蒋放胖了许多，看着倒是沉稳了不少。

西装革履，皮鞋锃亮，可不知怎的，程海谣看着对面的蒋放，总觉得像是在照镜子，沉默了一会儿，两个人笑起来。

蒋放先开口："过得不怎么好吧？"

程海谣老老实实点头，蒋放又开口："我过得也不怎么好。"

程海谣没有带蒋放去挑选了很久才挑到的西餐厅，而是选择了一家街头大排档。

两个人开了两瓶啤酒。

像是回到了从前，可他们都深知，他们再也回不到从前。

蒋放喝多了，大着舌头说前些天搬家的时候，才知道他最爱的那把吉他已经坏了，他心里觉得难过，像是被自己给背叛了。他还说，其实挺羡慕程海谣那种为梦想孤注一掷的勇敢，那时候同程海谣置气，也不过是因为忌妒。

“忌妒什么？”

“忌妒你比我勇敢。”

程海谣笑起来，摇着头说：“可我现在还不知道是对是错。”

蒋放挣扎着站起来，摇摇晃晃，手臂挥向天空，又重重落下，他说：“整吧！程海谣，你还年轻！”

马路边的流浪歌手开始唱歌。

蒋放安静下来，静静地听歌。

歌手唱：岁月磨平侧脸自命的不凡 / 而我们或早或晚都输给时间……

蒋放的眼睛慢慢红了起来，程海谣试探地问：“你也唱一个？”

蒋放问：“这什么歌？”

程海谣答：“《这是你想要的生活吗》”

蒋放又沉默了，好大一会儿，他才回过头看程海谣，眼底翻起水花，他挤出个笑脸：“这歌倒是挺戳人。”

听完这首歌，蒋放掏出 200 块钱给流浪歌手，然后拎了拎歌手的吉他，手还没摸上弦就放下了，他对程海谣笑：“手生了，吉他都不敢瞎摸了。”

程海谣眼睛突然便酸了起来。

送走蒋放，程海谣回家瘫在床上。

是想要的生活吗？没抵达到终点，谁又能知道呢？

她太困了，迷迷糊糊地梦到过去。

梦里蒋放站在舞台上，接受完大家的欢呼之后从台上跃下，走到她跟前，挤眉弄眼地冲她笑：“程大编剧，怎么样，我这样有才华的歌手以后可以做你故事里的男主角吧？”

哪有什么顺风顺水，还不是和命运死磕

文 / 马宗武

有那么几年，曾经的同学或同事来北京出差、旅游，我所在的中央人民广播电台是他们必到的地方，仿佛这也成了一个旅游景点。他们在参观完我的工作环境，尤其是看完传说中的直播室后，总会说一句“原来，你真的在中央台做播音员，而不是修车啊”。

我哑然失笑，我在故乡做汽修工10年，修车是我赖以生存的技能。

在他们的眼中，我即使离开那个汽修厂，想要养活自己，还得靠这项技能。而且，在他们的意识中，能进中央人民广播电台工作，尤其是做播音员，不是高官后代，没有耀人眼目的学历，那怎么可能呢？

他们和我是同学，知道我的起点，父母早亡，中学未毕业就开始学修车，和他们一样在戈壁大漠度过自己的青春年华。即使是在我修车的那家公司的广播站，我也没能做成广播员，怎么我离开故乡三年多，就进了国家电台工作，如果不是修车，那能做什么呢？

所以每一次，他们问起这个话题，我不知怎么回答，就只好说“我只是走运而已”。

只有我知道，人生，哪有那么多的好运气。

是的，我起点低，初三只上了不到一学期就辍学了，至今也没有一张中学毕业证。所以在故乡，我只能做最辛苦的工作。而广播站的播音员，宣传口干事的工作，不是官员的子弟，就是相关专业的毕业生，我得面对现实。

幸好，在故乡修车的10年中，我遇到了广播和书籍，他们打开了我通往外面世界的窗口，也支撑着我，脱下沾满油污的工作服，走出那片我曾流汗、流泪的土地，来到北京寻梦。

当然，寻梦的路是崎岖的，初来北京没几天，我就感到了不适应。

为了能解决住宿的问题，一个同乡帮我联系了学校负责管理宿舍的老师，恰巧，那段时间正值暑假，宿舍空余的床位较多，我得以顺利地住进学校。

在我之前，那间宿舍里还有四个同学。尽管已经放假，但他们都没有回家，整天在宿舍里打牌聊天，宿舍里总是乱哄哄的，我这样一个外人突然闯进来，打破了他们的平衡，他们很不习惯，于是通宵玩闹、喝酒，意图通过这种方式赶走我。

初来的那个晚上，我实在受不了他们的吵闹，又不好意思开口请他们安静下来，就在操场待了整整一夜。

那年我26岁，他们都比我小几岁，又都是富家子弟，心里哪容得下别人。我知道他们在宿舍里整夜打牌、喝酒，狂欢至深夜的目的。如果是在以前，我可能会跟他们理论几句，但我知道，我身上的钱不多了，外面的招待所是万万住不起的，我必须要住进收费低廉的学校宿舍，我必须要让他们接纳我。

于是第二天，我起床后，主动收拾宿舍，打好开水。午饭时，他们还没有起，就帮他们打好饭，晚上他们玩他们的，我睡我的，居然也能顺利入睡。几天下来，我们熟悉了，他们也就不好意思再这样跟我对着干。

这，还只是一个小插曲。

生活，逐渐向我展示了它残酷的一面。

从新疆出来，我身上有3万多块钱，但随着学费、生活费的支出，这些原本就不多的钱越来越少。课余时间，为了赚点钱，我常会做点配音和解说的工作。

有一个冬夜，央视的一档节目叫我去试音，通知我是晚上8点前到，7点半，我就到了约好的录音机房。那个月我口袋里只剩下10块钱，另一档节目的配音费还有一星期才能拿到。我想，如果今晚试音顺利通过的话，恳请节目组的老师先支给我100元，这样，我就能熬过这一星期。

可没想到，那天录音机房一直到晚上11点才轮到我配音。5分钟的片子，我反反复复录了将近半小时才终于完成，战战兢兢地交给节目组的老师。

从这个位于皂君庙的机房到传媒大学的公交车，最末一班车是晚上12点。如果12点前能告诉我是否通过，即使不能给我提前支取工资，我也能赶上末班车。这样，10块钱也足够我回学校的车费了。

时间一点点过去，我焦急地等待着结果，一个多小时后，大约凌晨一点半左右，他们告诉我，我的配音没能达到他们的要求，当然，也就没法给我任何费用。

摸着口袋里那张孤独的 10 块钱的纸币，我嗫嚅着恳请那位老师，让我能在门口的沙发上挨过这个冬夜，因为我实在没有打车回学校的钱了。那个年轻的老师看了看我，勉强答应了下来，让我天一亮就赶紧离开这里。

那一夜，失落和怀疑让我无法入睡。播音是我一直以来所喜欢的，为了它，我甚至丢了“铁饭碗”的工作，远离熟悉的人群，背井离乡，千里迢迢来北京学习。可是，我居然连一个节目组的配音要求都达不到，那这一生，我还能依靠这个生活吗?

那个冬夜，我蜷缩在那个录音机房的沙发上，孤独落寞，直到天色渐明。

很多年之后，每次当我路过北京皂君庙的那家机房，我总会想起当年的那一幕。我真想走到那个在暗夜里伤怀疲惫的年轻人的身边，陪他坐下来，告诉他这点小挫折不算什么，谁的专业的娴熟不是从失败中一点点得来的呢。在错误中总结经验，然后经过千百次的锤炼，你总会越来越进步，越来越成熟的。没关系，坚持着走下去，你总会迎来明媚的阳光。

这些年，每次当我失去斗志的时候，我都会再回到我在女子学院读书时住过的那个地下室看看。

北京，北四环小营世纪村小区。我曾住在这个听上去很气派的小区里一个由防空洞改装而成的地下出租屋。

顺着楼梯往下走。楼梯很狭窄，下面却是别有洞天。第一次进去，那条一望无际的长走廊真的是深深地震撼到我了，恐怖片也不过如此吧。走廊两边是密密麻麻的木门，木门上头便是一个巴掌大的排气口。每个门上边都有一个号码，大概是老板为了方便管理。走到走廊尽头的那间房就是我和当时的同学一起租住的地方。

因为是地下室，所以屋子散发着潮湿的霉味。房间很小，大概只能放下三张单人床和一个小桌子。唯一让我觉得给房间增加了几分色彩的，莫过于桌子角落里高高的一摞书。

房间与房间之间的墙是隔断，没有丝毫隔音的效果。半夜有人走过的声音，大声说话的声音，不远处的公共卫生间冲水的声音，舍友们熟睡中发出的打鼾的声音，这些都清晰可辨。当生活将它隐藏的伤口赤裸裸地撕裂给我看的时候，我除了接受，还能做什么呢？

生活可以廉价，但梦想不可以。

正是在这样的环境里，我越发懂得，梦想，唯有你努力争取才会有曙光乍现，只有你坚持不懈，它才会向你露出笑脸。

其实，这世界，哪有什么顺风顺水，生活里，又哪有什么一步登天的快捷方式，远方的目的地都是一步一个脚印踩过去的。这其中，你会走过泥泞，面对困难，经历磨难，每一样事情都有可能打败你，然后让你投降放弃。但是跨过去，战胜它们，它们又会让你成长。人生就是在这样不断地轮回中，只有死磕到底，你才会最终获得你想要的东西。

5

选择

努力是为了让选择更正确

努力，是缓解焦虑的一剂良药

文 / 周宏翔

1

回上海的时候，正好在朋友家住了一夜。这个 1993 年出生的朋友现在在一家影视公司上班，明明才 24 岁的他，突然感慨一声：“我们公司来了一个 1997 年出生的实习生，我觉得自己好老了。”

衰老对他来说，似乎比没钱更恐惧。

他说，有一天他因为出门太晚忘记刮胡子，在公司开了一天的会，累得筋疲力尽，于是去洗手间洗把脸，当他洗完脸抬头看镜子里的自己时，完全被自己吓倒了，他从未觉得自己这样憔悴过，松垮的皮肤，浓重的黑眼圈，横七竖八的胡碴，那一刻他真的觉得自己老了。

和我这个朋友一样，前几天和一个摄影师朋友聊天，1995 年出生的，聊到后来，我问了一句，你们是不是觉得“90 后”的人特别老了？摄影师朋友看了看我，一边尴尬地发笑，一边点了点头。他说，完全无法想象自己 5 年后的样子，觉得好像是下个世纪的事情。

当然，在这些谈论中，也有过这样的对话，他们觉得我看起来很年轻，虽然已经到了他们认为“老”的年龄。

2

我突然想起自己刚上班的时候，许多“85后”的同事对我投来羡慕的目光，那时候，他们总会挂在嘴边的一句话就是“‘90后’真的好年轻啊”。

当时有一个对我特别好的姐姐，她和我说，每次看见我的时候，就会觉得时间过得很快，她刚进公司的时候已经是6年前了，那时候她觉得自己是真的年轻啊，出差的前一天晚上还可以和朋友去KTV嗨歌通宵，第二天一大早直接提着行李上飞机。说到后来，她只剩下一声叹息，然后说，年轻的时候就好好玩，千万别被工作拖垮了。

经常有朋友到家里来玩，说起眼下身边新来的同事，都是1996年、1997年出生的年轻人，这些孩子已经开始工作了，天啊，真的不是雇佣童工吗？然后细细一算，自己距离30岁越来越近，真的太恐怖了。

前段时间，赵雷的《30岁的女人》还被网上的网友吐槽，更甚有传1992年出生的人已经开始步入中年了。

可以说，这些将年龄看得如此重的人，恐慌的真的是衰老吗？

3

因为新书宣传，我去中央人民广播电台录节目，间隙的时候，和主持人小马哥聊天，问起他过去的故事。

他说，他到这里来主持节目已经有八九年了，在成为主播之前，谁都想不到他是一个汽修厂的工人。那时候他在老家，每天面对的，是一辆又一辆没有感情和温度的汽车，经常躺在地上看着汽车的底盘过日子。

他在汽修厂工作了三年，每天夜里听着收音机里的电台入睡，有时候他也跟着收音机的文章念几句，有一天被室友告知他念得不错。某一天，他突然想到，是不是自己也可以成为电台主播。他去向师傅辞职，说自己想要离开新疆，去北京学电台主播，他师傅告诉他，他年龄已经不小了，没有必要去和年轻人争什么，何况每个人的命运翻来覆去，始终逃不出人生的五指山。

但他还是收拾行李离开了，去了北京，一边打工一边在北京电影学院做旁听生，回家自己练习发音，幸运的是，那一年正巧北影有成人高考的机会让他得以成为正式的学生，当时他比周围的同学都要大出好几岁，可是他一点也不慌张，因为他觉得这简直是上天在眷顾他。

最后他终于如愿以偿，进入了中央人民广播电台。

小马哥回想起这些年来走过的路，最值得谈的，还是他始终不觉得自己老，当他看见一批又一批比自己年轻 10 岁、20 岁的小家伙成为同事时，他更多的是觉得自己还要像他们一样保持激情和活力。

4

我在上海签售的时候，有一个姑娘冒着雨跑来书店，当时活动已经结束了，她远远看着我，抱着我的 8 本书却不敢和我说话。她默默地背着书走了，然后隔天在东华大学的活动，她又带着 8 本书去了，可是却没有找到教室，她给我微信后台留言，说她只是想找我签个名，结果发现总是错过。我看到后台留言的时候，已经是晚上了，碰巧的是，因为我机票订错，在上海多待了一天，我说，没事，我可以专门给你签，你在哪儿？

姑娘非常识趣，不想打扰我，问我从哪个机场出发，她可以去机场等我，结果我最终在虹桥机场见到了这个抱着 8 本书的姑娘。

因为距离起飞还有一段时间，我就坐在旁边和她聊了一会儿天，姑娘说，她这些书是要送给她朋友的，她因为我的文章变得越来越勇敢，所以希望她的朋友也能勇敢一些。

她和我一样来自重庆，专科毕业，学历不算高，23 岁的时候，父母开始给她介绍对象，希望她安分守已地留在家乡。但是她一直想去外面看看，她知道自己的文化水平不高，说出来有些不自量力，但是她还是不甘心，于是收拾了东西自己跑来了上海。

和她对话中，我知道，她因为我的文章，越来越坚定了自己的一些想法，她说她没想过自己要混成什么样子，现在在一家巧克力店做销售，她觉得很开心，她休息的时候也会去看电影去看演唱会，去感受大城市带给她的不同，她还计划和室友一起打工旅行，边走边看，她说在她老家那边，很多人觉得女生一旦去了大城市就会变坏，她认为这是偏见，她始终觉得一个人内心坚定，就不会那么容易“走偏”。

她在上海待了 4 年多了，已经 27 岁了，她觉得周围年轻人很多，她就更不能让自己显得老，她说她会去运动，去保持自己的活力，想做就去做，也渐渐就不再在意年龄对自己的限制了。

听她说完，我内心一震，我怎么都想不到，一个姑娘可以有这么大的勇气。姑娘最后送给了我一袋巧克力，她说那是他们店里最新的产品。回家后我打开看，居然是一大袋的 GODIVA！算了算起码值 2000 块，瞬间对这个女生又多了一分敬意。

5

当你的身边出现越来越多比你年轻的人时，你在恐慌什么?

真正开始感到恐慌的人，多半是因为自己尚且处在碌碌无为，又对未来毫无把握的状态，暗自和自己较劲，却又根本不知道突破生活的缺口在哪里，说到底，还是被繁重的生活拖垮了自己，却又不肯卸下重担去开始新的旅程。

一个 50 岁的人，即使身体状况已不如 20 来岁的人那么好，依旧可以随时开始自己新的人生。

同样的，一个 20 来岁的人，即使自己处于人生中最黄金的时段，也完全可能被生活所困，过着一眼就看见未来的生活。

生理上的年龄是我们永远无法抗逆的，但生活方式上的年轻永远把握在我们自己手上。

要知道，衡量一个人衰老的标准永远不是年龄，而是心态。

心老了，再年轻也无用；心未老，老骥也能驰骋千里。

每一个当下，选择清空自己，轻装上阵

文 / 十三夜

1

我记得，在北京学习的某个夜晚，疲惫之后的安静，须臾间，一种深深的恐慌与不安紧紧将我的心脏包裹起来。

我看着窗外的北京城霓虹闪烁，车辆来来往往，不知道为什么，很想落泪。

也是在那个瞬间，我的脑袋特别清楚，我忽而意识到，我还没有成为年少时那个期待的自己。我知道，我在害怕什么，不是没有背景，身后空无一物，也不是不能和最喜欢的人在一起。

怕的是，不能掌控自己最真实的内心，怕自己明明一步一个脚印努力了，却还是没有践行出心里最期待的模样。

但我庆幸自己那片刻的觉醒，它时刻提醒我，要对每一个当下真正地全力以赴。

这是我在昆明生活的第二年，它没有北上广的激烈竞争与商业厮杀，但它却不同于小城镇的安逸与时光静好，它不允许你把宝贵的时间拿去虚度，拿去消耗。我深知，我的每一个现在，都是曾经做过艰难的抉择，付出的勇气和眼泪换来的。

所以，我舍不得把这仅有的青春，拿来肆无忌惮地挥霍。

刘同在《谁的青春不迷茫》里说，琐碎的回忆，如柳絮绵绵，堆积在路口，成了难以逾越的心伤。

是的，这些年，我一个人，回忆袭来，总是把我虐得大汗淋漓，那些来时绕的弯路以及最绝望的瞬间，我祈祷它，不要再有第二次。

2

万物萧条的时节，母亲缠绵病榻。

与此同时，我也历经了一次沉重的打击，我记得，我把自己关在屋子里整整 3 天，也哭了整整 3 天，无论父亲怎么宽慰我，都治愈不了那种难受。

忘了是怎么走出那种感觉的，只记得，我把自己关在家里 3 天之后，立刻投身到工作里。那个晚上，加班到凌晨 3 点，回到居住的大楼，发现 7 楼的住户失火了，整栋大楼被笼罩在浓烟与慌乱中，电梯因故暂停使用，我裹着风衣在楼下等了 1 个小时，爬了 41 楼，终于回到了小屋里。

我不敢想，当时，若我居住的公寓被烧得一片狼藉，我是否有足够的幸运逃过一劫。像那样的时刻，我想，这辈子，再也不会再有第二次了。

也是在那样的时刻，对“人生八苦：生、老、病、死，爱别离、怨长久、求不得、放不下”，有了不一样的体悟。

或许，你总要一个人，历经那么一些至暗时刻，才会渐渐明白，原来，能够平安长大，是多大的一种福分。

3

在创业型公司的这两年，被迫承受了一些不是这个年龄段该承受的压力，但也在独立与主动学习以及承担责任中，收获了不一样的成长。

比如，我们最近交付一个线下训练营的项目，上个月中旬，我们被送去总部考核培训。当时有一个环节叫作“线下开营试讲”，以主持加 TED 的形式呈现，遗憾的是，我因为紧张和没有准备好主持逐字稿，当场就挂了。

一向只喜欢文字输出的我，其实很少锻炼自己的 TED 能力，如何在 5 分钟内，完整地模拟线下 100 人场域的一个控制与主持对我来说真的比出版一本书还要头疼。

但我，真的克服了，我记得二次考核之前，我自己认真打磨了一版逐字稿。

那一天是周六，我们办公楼都没人，我在空旷的会客厅，一遍又一遍先大声念出来。

最后，又跑到卫生间对着镜子，卡着时间，卡着节奏，一遍又一遍地练习，那是我无比专注且认真的几个小时，我在克服内心的恐惧，也在打破我的能力边界。

用心准备之后，我顺利通过了考核认证，那个瞬间，我才反应过来，我真的是狠狠逼了自己一把。并不是我事事都要做到尽善尽美，而是，如果你不去用心付出，你很难去拥抱真实的自己。

通过一次小小的考核，真正理解了“台上一分钟，台下十年功”。哪有什么轻而易举，只不过你真的没有看见他背后的努力。

4

我是一个不喜欢把大量时间消耗在社交上的姑娘，工作之外的时间，我都认认真真做一些思考与沉淀。

许是因为自己坚持长期创作，所以，我不得不每天都要去积累一些素材，这些素材，来自我的工作，来自我的生活，来自我接触的圈子，也来自朋友的分享。

我是一个心思细腻而又敏感的人，这个特质也让我在创作上总是能够写出一些有温度，引发读者共鸣的作品。

作为一个作者，需要时刻保持一种细致的观察力，也需要有一颗能够发现美好事物的心。

如何从平凡的生活里，解读出不平凡的事儿，如何赋予平凡的事美与温度，如何在小事中启迪思考，增长智慧……这些的这些，都需要你用心去积累。

每一个当下，都有每一个当下的意义。

你所经历的，正在历经的，无论是什么，好的，坏的，都需要保持“空杯心态”不断归零，吐故纳新。

且愿余生，轻装上阵，以后的路，稳稳走。

选择梦想，为梦而生

文 / 卢庚戌

每个人都有梦想，但不是每个人都能实现。我是幸运的，有三个梦想都实现了。

第一个梦想是在中国最好的大学读书，后来我考上了清华大学。毕业后想成为一个歌手，于是有了第二个梦想：音乐梦。第三个是现在又有了电影梦。

当然每个梦想的实现都不容易，尤其是第二个梦想。现在有时我都在想，连我这种没有任何嗓音天赋的人都能成为著名歌手，还有谁不能成功呢？好吧，我来讲讲我的音乐之路。

1989 年，我考上了清华大学的建筑系。大部分清华学生在大学都想好好读书，但我最想做的事是：谈——恋——爱。

但是在清华，男生找一个女朋友是一件很困难的事。因为当时男女比例 6:1，这意味着一个女生有 6 个人追，而且还不要看她的长相。

怎么办呢？我发现当时校园歌手很受女生欢迎，他们个个都有女朋友，还长得都不错。于是，我决定当一名校园歌手。

自己买了一把吉他，天天抱着吉他练，早上起床开始弹，中午吃完饭还在弹，别人下了晚自习我仍在弹。你们知道，我的嗓子天生不好，到最后，舍友受不了了，把我和吉他一起赶出去了。

我的最大优点是执着，换个地方继续练！水房你们知道吗？回音效果非常好。我很清楚地记得当时有个学生拍了拍我，用缓慢的语气对我说，别人唱歌要钱，你唱歌要命啊！最后有人冲我扔啤酒瓶子，我赶紧跑掉了。

尽管如此，我仍然非常执着，又换到草坪上练琴。就这样，大一的一整年在练琴中度过了。升到大学二年级，赶上当年的“校园歌手大赛”，于是我“义无反顾”的报名了！结果当然是惨痛的，人家说我唱得太难听了，连决赛都没进去。

不过，我最大的优点是什么？执着。到了大三，找了一名朋友给我当主唱，我呢？和声。于是，我们一路过关斩将，获得了当年大赛的第二名。到了下一年，我又找了两名学生，一名主唱，一名和声，我呢？我只弹吉他伴奏。结果呢？获得了当年大赛的冠军。其中的主唱就在这里，他叫魏晨阳。

就这样，在大学时期我走上了音乐的不归路，也度过了一个阳光灿烂的青春时光。

大学毕业的那一年，我做了一个决定，要做一个歌手。没想到，我的父母坚决反对，我的父亲甚至要和我断绝父子关系。我却信心满满，对家里人说，给我一年时间，我就能火。

但是我想错了。从 1994 年到 2000 年，我把我创作的歌曲寄给了所有的唱片公司，但都了无回音。有一次接到一个唱片公司的电话，我兴奋地骑了半天的自行车去了，发现他们只是想买我的一首歌，并没有要签约我做歌手的意思。

时间一年一年地过去，看着同学们出国的出国，立业的立业，我却放弃唾手可得建筑行业的大好前途，住着破旧小平房，有时还要忍饥挨饿。大家都问，你图什么，是不是神经出了问题？

一次偶然的机会，我认识了一个有名的制作人，陈老师。那时他刚在北京开了一家唱片公司，是唯一一个我还没把歌给他听过的人。他听了我的歌曲之后，评价很高，我以为这次有希望了。

没想到见面以后，陈老师说，你唱功不行，嗓子不行，老天没有给你这碗饭。我当时脑袋“嗡”地一下，我还不甘心啊，我问：那我真的一点希望都没有了吗？他说，以他 40 多年的人生经历来看，没戏。临走的时候，我和他说，我回去练练，练成了我再来找您。他说，活了 40 年，从没见过我这么倔的人。

是坚持，还是放弃？那时我 27 岁了。像我那些朋友 27 岁时已经都火了，老狼、郑钧、高晓松他们。年龄实在有些大了。但是我又想，一个人一生又有几次能为自己喜爱的事业奋不顾身呢。

我选择了继续坚持。

我找了一个声乐老师，进行了一种残酷的声音训练法。这种声乐教学叫咽音。简单地说，就是模仿各种动物的叫声。后来练到什么程度呢？我每天黄昏，就学狗叫。一开始功力不行就听我一人叫，半年以后全村的狗都跟着一起叫。

两年以后，我跟家里借了些钱，打算自费出一张唱片。当时我跟我妈说：我努力这最后一次，如果做不好，我也就死心了，如果我不做，一辈子也不会安心。于是，我拿着这些钱录了我人生中的第一张专辑，走出了我音乐梦的第一步。2001年我的歌曲《一生有你》被大家认可，我真正成了中国乐坛一名有影响力的歌手。

这是关于我音乐梦想的故事。有一部电影的一句话我想送给大家：人的一生中至少有两次奋不顾身。一次为爱情，一次为梦想。

一无所有的时候，是最好的选择时机

文 / 大牙秦

1

有句话叫“置之死地而后生”。

阿宋说，这大概就是她最真实的写照。彼时，她坐在咖啡厅里，妆容精致，仪态优雅端庄，与那个在雨夜里惊慌地流着眼泪问我借300块钱的她判若两人。

我和阿宋是网友，因为和她喜欢的男生在同一座城市，所以聊天也多了些。

她千里迢迢来找他的时候，还开心地发了条消息给我，她说：“我要去找他了，好紧张啊。”

我告诉她说：“别紧张，这座城市向来温柔，路灯温暖昏黄，房子宽阔敞亮，超市很晚才关门，早餐店很早就开门。”

她回：“嗯嗯。”

后来，她来这里不曾与我联系，我也好奇她和那个男生的后续发展，却总是不好意思主动询问。

大概六七个月后，她又发消息给我，说：“你有现金吗？能不能来见我？我在 ××× 公园。”

我说：“好。”

既然走心，就不怕上当。

2

N 城向来少风少雨，我去见她的那天，天气却像是被惹毛了的猫，性情大变，刮了大风，下起了大雨。我打着伞裹紧衣服艰难前行，最终在黑暗的公园东侧看到瑟瑟发抖的她。

我迟疑地叫：“阿宋。”

她缓慢转过身来，也叫我的网名：“北施？”

我说：“是我。”她浑身湿透，冻得哆哆嗦嗦，我拉着她一同到地铁口避雨。

她局促不安地说：“北施，你能借我 300 块钱吗？”

我没问她理由，把钱递给她，她朝我鞠了个躬，说一定会还我的。

300 块钱既然给了她，便做好了打水漂的准备，只是她这个样子实在让人心疼。我问她：“发生了什么？”

她咬紧下唇，只是眼泪不停地掉出来，却并不说话，我见她实在不想说，便也没再追问了。

她买了当天的车票回家，回家后把钱转给我，接下来一段时间却又是杳无音信。

3

她再来N城，便是来回答我这个问题的。

她说她被男生骗到了传销组织，身上的现金、卡里的钱，全给了他。

没有钱之后，同男生在一起，她依旧很开心。阿宋住在男生租的小房子里，两张床，她睡大床，男生睡小床，下班之后，他们会手挽手去超市买菜、买肉、买馒头，然后再回家做饭。她说，那时候，她真的觉得N城是座温柔的城市。

她天天被男生洗脑，如同被打了鸡血一样，觉得未来的一切都是光明的。

甚至，她还怂恿自己的亲朋好友一起来。闺蜜警告她说这可能是个传销组织，她还差点同闺蜜撕破脸。

也真的有许多同学在她的怂恿下开始投资，发展下线。

后来事情败露，她的钱全没了，不但如此，当初拉同学来的时候，她为了打消同学的疑虑，说如果赔钱只当是自己借的。所以一夜之间，她便已是债台高筑。

更让人绝望的是，那个男生跑了，毫无预兆地消失了，什么都没有留下。

男生的逃跑，比所有的债务都让她绝望。因为，她觉得这场让她放弃所有，千里迢迢前来追随的爱情更像是一场预谋已久的骗局。

阿宋讲到这里的时候，忽然笑了一下，她说："如果不是因为有你，我大概会自杀，绝望真的可以战胜对死亡的恐惧。”

4

回家之后，相熟的同学不好逼她，那些平日并不怎么交好的同学却天天打电话骂她，要她还钱，叫她骗子，说要让警察抓她。

阿宋一度焦虑到神情恍惚，白日黑夜都会出现幻觉。

她撩起袖子给我看，有黑黑的烫疤，在她白皙的皮肤上显得分外扎眼。她说：“这是我自己烫的，夜里睡不着，便把之前想送爸爸的烟点着了按上去。”

我轻拍她的手：“好在你坚持下来了。”

阿宋一直这样浑浑噩噩地过着日子。直到有一天，阿宋的妈妈打电话过来，问她过得好吗，有没有钱花。

她忽然惊醒过来，她竟然忘记了自己还有远在家乡的父母。

她又仔细掰着手指头算了一遍，欠下的债总共不到 5 万块，因为这 5 万块和一个骗子，她竟然差点狠下心肠要离开含辛茹苦将自己养大的父母。

阿宋大哭一场，然后擦干眼泪，打扫了屋子，扔掉了香烟，打开电脑开始投简历、找工作。

她刚毕业不久，念书时也是一副吊儿郎当的样子，所以简历并不出彩，即使有了面试的机会，也很快被竞争者给比下去了。

于是，她晚上去做兼职，白天奔波着找工作。

她也想过放弃，只是每每想起父母，就会涌出一股力量。

她一夜之间长大了，大概挫折是成长的必经之路吧。

5

阿宋向来疲懒，以往总喜欢赖床，而那段日子，每天的睡眠时间却不足 5 个小时，同时，在那段时间里，她还借了学妹的教材，重新学起英语来。

她说："我不是为了梦想，我就是想找份工资高的工作，早早地把债给还完了。"

她晚上做兼职，趁着轮班休息的时候便背英语单词、练听力，一同工作的人总叫她"好学生"，嘲笑总比敬佩要多，她也从来不管不听，只埋头做自己的事情。

阿宋说："我以前是个很好面子的人，若是做什么事情有人议论了，便铁定不会再做了。那段时间，我学到的最有用的事，便是'走自己的路，让别人说去吧'。"

她趁着做兼职的时间，又重新背了一遍英语八级单词，就连做梦都在背单词。

她找到新的很不错的工作之后，从生活费里划出一部分，用来缴纳视频教学课的学费。

她觉得很讽刺，念书的时候不懂珍惜，整天就知道逃课、追剧、逛淘宝，倒是进了社会，才明白过来学习的重要性。

阿宋初来公司没多久，便已经被领导看好，觉得她做事谨慎，又勤奋上进，很快便将她提了主管。

6

努力的阿宋，人生像是开了外挂。

阿宋在公司里越来越如鱼得水，为人却一直低调，依旧是来得最早回得最晚的一个。

公司里有男同事等她下班，阿宋一朝被蛇咬十年怕井绳，无论如何都不敢让男同事走进自己的生活，时常冷着一张脸，狠狠地拒绝他。

回到自己的小出租屋里时，阿宋偶尔也会想，那个男同事真的挺好的，若是她先遇见了他，两个人倒也有可能走到最后，只是如今她有过那么一场情伤，便再不敢轻易把心掏给谁了。

男同事死皮赖脸地来过阿宋的出租屋里一次。

她租住的地方拥挤、潮湿又阴暗，没有冰箱，只有一台破旧的“吱吱嘎嘎”响的电风扇，男同事盯着阿宋半天没说话，阿宋如芒在背，冷着脸将男同事撵走。

她以为男同事会直接离开，没想到过了半晌才听到男同事靠着门轻轻说了声：“阿宋，我心疼你。”

阿宋瞬间就绷不住了，隔着一道房门，崩溃大哭。

连发霉的面包都没的啃的时候，她没哭；端盘子的时候被滚烫的汤汁烫到，她没哭；刚发了工资马上还了同学，连缴电费的钱都拿不出来的时候，她没哭；加班太晚，没追上末班车，一个人走了两三公里回家的时候，她没哭；楼上漏水淹了她家的时候，她也没哭。

可听了他那句话，她的眼泪“唰”地就掉了下来。

她打开门，仰头问他：“你凭什么同情我？我过得不好吗？我工资拿得比你高好吧，我……”

男同事说：“阿宋，我不是同情你，我爱你、心疼你，我想让你过得更好。”

阿宋不说话了，只有眼泪在安静地流淌。

7

阿宋加班加得很厉害，跟玩命似的，饮食不规律，睡眠又不足，很快便病倒了。

自从那个男生离开之后，她便没有什么安全感，总觉得身边没有一个可以信任的人。

她这个时候才慢慢意识到，也许比起自己的一屁股债，她失去的更重要的东西叫作“信任”。现在的她不相信爱情，不相信别人，也不相信自己，一个人过得很孤单。

阿宋在医院的时候，同事们来看过她一次，大家都叫她宋姐，说公司没了她都要乱套了。那个爱慕她的男同事也来了，抱了一束红玫瑰，大家嘲笑他，说谁来看病人送玫瑰的。

他抓抓头发，说：“我来看阿宋送红玫瑰。”

大家一副很懂的样子坏笑着。

阿宋躺在病床上，一句话也答不上来，依旧冷着一张脸，显得淡漠又疏离。

后来，男同事又来，送来自己熬的老鸡汤、排骨汤、老鸭汤，也送过皮蛋瘦肉粥、银耳水果粥，不知道从哪里打听来的阿宋喜欢吃栗子，又足足剥好了一斤的栗子放在阿宋的床头。

8

“后来呢？”我问她。

阿宋笑笑说：“后来我的病好了，全好了。”

男同事终于走进她的心里，把她带到了一个阳光明媚的世界。她的努力和上进已经变成习惯，又读了很多书，上了许多课，更加受领导的器重。大家对她从来都是心服口服，欠下的那些债，她早已还清，并且搬了家，换了一个有阳台有落地窗的大房子。

她像是从地狱到了天堂，有工作，有朋友，还有了一个小家。

前男友联系过她，道歉之后说道：“我这边这次真的有一个特别好的项目……”

阿宋说：“你让我很恶心。”然后拉黑了前男友的所有联系方式。

阿宋和我告别的时候说：“我无比庆幸我在一无所有时所做出的选择。”

人生啊，如果不拼尽全力地努力一次，谁都不会知道自己的潜力有多大，能变多强。其实啊，挫折大概也是一种恩赐，它能给你一次重新选择的机会。

所以啊，别怕，咬着牙，熬过去又是新的一天，温暖又明亮。

顺理成章的背后，是一次次的深思熟虑

文 / 海欧亭亭

1

上个月，我因为工作的缘故，采访了一位集团的中高层领导，做了篇企业专访。

他就是那个从集团的管理培训生，一步一步做到主管、总经理，如今是集团的总监的人。

这个职权有多大呢？这么说吧，那个集团在全国拥有几十家分店，每个店都是几百平方米。每个店都有一名店总经理，而这些分店的总经理通通归他管。

他很年轻，不到 35 岁。他从公司当年的管培生，十年如一日，最终坐到了如今总监的位子上。

他一号令，全国的分店都要响应。

他一问责，全国的分店都要动荡。

采访的时候我问过他一个问题：当管培生最大的感受是什么？

他说，是外派。那段日子，可以说是历经沧桑。

其实管培生的轮岗制是很多公司的常规制度。

所谓轮岗，就是每个岗位走一遍，有分公司的，分公司也走一遍。学习不同岗位的工作。

这位总监，从入职以来，几乎每年都要去一个不同的店，这些店分布在全国各地不同的城市，广州、武汉、厦门、郑州……他感觉自己是去打仗，一年换一个阵营。

尤其是入职三年后，他以经理的身份出征前往其中一个城市的分店，在那之前，他没有踏足过那个省份，也完全听不懂那里的方言。

所有“外地人”该有的水土不服他都经历了，所有初来乍到者的不适和困境他都适应了。

最大的困难，就是经历“欺生”。

作为一个才毕业三年的毛头小子，彼时的他虽然已是经理，但仍不受外地分店同事的待见。

他努力了一周，情况不见好转。努力了半个月，还是没有起色。

终于，在努力了两个月后，店里的业绩翻了一番后，所有人，都对他心服口服。

我们终究要靠漂亮的成绩，给自己打场漂亮的翻身仗。

于是，两年后，他被派到另一个城市的时候，已经是店副总经理了，再过了一年，他成了店总经理。

此后他再去任何一个分店，都是店总经理，只不过店的名字有所改变，而头衔永远是那么响亮。

再到后来，成为副总监、总监，一切看似顺理成章，但没人知道他为此付出了多少心血。

做店总的第一个年头，他碰到了“世纪大难题”——商户不配合、不领情、不待见。

他每次拜访商户的时候，都被寥寥几句话怼得不行。

倒不是对方冲他发火，而是对方冷漠，不愿意吐露心声，一到做活动的时候，就统统不配合。

他苦思冥想，做市场调研，终于搞清楚那个城市的经营弊端。那是一个闭环，一个死环，解不开谁都别想有活路。

他熬夜写出报告，大刀阔斧地进行改革，砍掉了当时众多环节中冗长而毫无意义的一些环节。但这样做，风险极大，他很有可能保不住饭碗。

他说，企业都是以营利为目的的，不能盈利的板块或者阻止盈利的板块，就得痛下决心砍掉。否则堵在中间，只能断了财路。

我问他，当时怎么会有那么大的勇气？

他说，没办法，我签了军令状。

在我惊讶的眼神中，他笑了，说道：“这是我给自己立的军令状，没有旁人。”

看来又是一条路走到黑不给自己留退路的人。

接触过一部分在某一领域做出优秀成绩的人，我发现，越厉害的人，往往越不给自己留退路。也正是这样的人，才更有魄力有胆识，拥有更多的可能性。

我们常常羡慕一部分人的成功，羡慕他们所拥有的学识、财富和社会地位，却不知道他们的决绝。

你必须决绝一点，才能更加出色。

因为，一个人有多决绝，就有多狠；有多狠，就有多大发展。

2

小时候，家里的长辈总是会这样说，xxx 一点小事就哭，将来肯定成不了大气候!

所以，在很小的时候，我就觉得 “能成大气候者”非常厉害。我有一个表叔，在广州拥有自己的企业，开豪车住豪宅，大家都很羡慕他。

有一回过年聚会，他回来了，我们一起聊天，他得知我在深圳打拼，便告诉了我他的经历。

曾经的他，大学毕业后原本可以分配到一份在当时不错的工作，但他觉得那样会受到太多限制。

“我都不知道我究竟有多大的本事，难道就要在那里度过余生?那我也太没本事了！”他调侃道。

于是他不顾家里人异样的眼光，独自南下去往东莞，后辗转至佛山、广州，终于一步步走到今天，拥有了一家不小的企业。

“最重要的不是收获了金钱，而是生活。如今，我能随意支配我的时间而不是看着时间下班，周末担心加班。这，就是当老板的好处。”他笑称。

的确，如果当年他没有走出来，只是在家乡的小县城里教书，现在大概是在备课、等待下课铃和深夜批改试卷吧。

他独自南下的第一个年头，风餐露宿是常事。睡过公园长凳，也露宿过桥底涵洞。吃过连续一个月的馒头、稀饭，也累得没有力气吃饭。

他说，我最大的苦都已在那时受完，如今命运反转，我该开始收获了。

生意做大以后，他接触到的世界完全变了。

现在，他加入了游艇协会、总裁俱乐部，读了 MBA，出国考察、度假，结识同僚。

一切的一切，都是那么地顺理成章。而一切的一切，又并不是那么一帆风顺。

他创业 7 次，都失败了。欠债的时候，连续一个月失眠。第 8 次，他终于成功。但他还是说，只是暂时的，保不准哪天又破产了。

他时刻保持清醒的头脑和清晰的危机意识，他知道这个世界风云变幻，不测之事十有八九。

但好在，历经如此之多的困苦沧桑，今后所有的期望，都会因此顺理成章。

我想成为一个可以随时随地“顺理成章”的人，你呢？

年轻时的折腾，
让我有了跟别人不一样的人生答案

文 / 晚秋

1

三年前我还在广州时，我爸从老家过来看我。

周末，我陪他一起去麦当劳吃薯条、汉堡、鸡翅，随后坐地铁去大学城闲逛。夜晚和他一起去珠江边散步，吹着惬意柔和的风。也看珠江两岸的夜景风光，看那矗立苍穹闪着霓虹灯的小蛮腰，看五光十色密集的摩天建筑群 CBD。我们还沿江走过广州大剧院、省博物馆、省图书馆，看海心沙广场的人群熙来攘往，热闹非凡。

他的兴奋之情溢于言表，感慨广州变化真大，仿佛他在这几十年固化的生活中，遇见了一种久违的感动和鲜活的气味。又似在他眼中，这个世界一如既往地新鲜而美好，等待他的是那未曾经历的世界，就像 20 多年前他第一次来广州那样，也像几年前我刚毕业第一次来到珠江一样。

但我还是能瞥见他眉梢眼角闪过的一丝孤独与落寞。因为世界

再繁华，他终究不再年轻。即便广州这个地方，他曾经非常熟悉，但终究20多年过去，早已发生了翻天覆地的变化。即便一线城市看似光鲜，竞争残酷的同时也伴随着机遇，以及更多的可能性，但他毕竟不像还年轻的我们，还能有机会去试图融入以拥有一席之地。

白天坐地铁时，他不知道怎么买票，不知道从哪里进闸，不知道往哪里上地铁，有如孩子般的手足无措和慌张。去北京路、上下九步行街，到处都是人和车，他的身影淹没在人群中显得异常渺小。那个在家乡游刃有余的他，那个小时候如山一般硬朗的他，却被时光浓缩成孤独略显无助的身影，不禁让我的内心感到一阵酸楚。

其实，我爸年轻的时候，也去过很多地方。当年他读完初中就跟着爷爷一起在镇上干活。在他19岁那年，爷爷催逼我爸结婚，我爸负气离家出走，独自一人来到了广州，这一待就是好多年。广州的每个地方，他几乎都跑过。他见识过20多年前的广州。

直到25岁那年回老家跟我妈结婚，结婚后他们一起来了广州。但结婚才三个月，爷爷就病重，没多久便去世了。而当时我妈也恰好怀上了我，也因一些现实的束缚及家庭原因，他们不得不留在老家发展。之后，一地鸡毛的生活开始了。

我爸平时沉默寡言，偶尔喝点小酒牢骚满腹。当年富有阳光色彩的激情，也早就被生活磨淡了颜色。但我知道，他的人生有一些难以言喻的无奈，也不是每个人一听到心中的召唤，就可以义无反顾奔向远方。

而岁月，依然像一条只会向前流向远方的河流般，不会为谁停留。

虽然如今家里的生活好过了很多，我爸也有了很多自由的时间，可外面的世界毕竟日新月异，早已不是他记忆中20多年前的样子了，那敢想敢拼的黄金年龄，也已经远去。

我想，假如当年的他能勇敢地冲破现实的栅栏，避开生活的琐碎与沉重，是不是他的人生就是另一种样子？但不得不承认，现实有时候就像一把巨大的钳子，会锁住一个人身不由己的命运，让你只能身处那个狭小的空间里。

曾有读者问过我，自己现在一无所有，很是迷茫和焦虑，问我怎么办。其实这个时候的一无所有，又何尝不是一个人人生中最好的增值期？你没有太多现实生活诸如房贷车贷的压力，你单身未婚还没有家庭的束缚，也没有太多沉重而琐碎的羁绊，你其实可以去很自由地选择自己未来的道路，去大胆地提升自己，只要这期间没有虚度。

2

大三那年的暑期，我曾到一家公司实习。公司的那位女副总给我留下很深的印象。她谈吐不俗，气质高雅。我还记得当年的一场全体员工会议中，起初她一直低调地坐在台下的前排。当主持人念到她的名字时，她优雅地站起了身，随后回过头来脸带温柔的笑意与大家挥手，美好而温暖的气息扑面而来。

她披肩卷发，有小家碧玉的灵动，又不乏静定的气场。她说："讲台上的花布置得很美，心情一瞬间也变得愉悦了，谢谢有心的同事们。"演讲中，她讲起了自己是如何从一名默默无闻的小职员到如今管理整个华南地区的市场的。

她也说起了她当年的故事。她说，当年的她高中毕业后，留在村子里的一所学校教书，说不上很好，但比起外出打工，这份教师工作还算体面，也轻松稳定多了。但她的内心始终蠢蠢欲动，想要去看看外面的世界，她不甘心就要在闭塞的村子里过一生。

但她的想法并未得到家人亲友的支持。而她一想到未来几十年就要为了别人而活，理智告诉她这不是她想要的人生。倔强的她还是选择了遵循内心的声音，毅然辞去了教师的工作，只身一人来到了人生地不熟的广州。

当时她进入的这家公司刚创业起步，要招收销售人员，于是她进入了销售领域，十几年间她从胆怯的小女生蜕变为知性的独立女性，她从默默无闻的业务员凭着执着的那股韧劲，晋升为管理整个华南地区业务的高管。

她说："尽管生活不在别处，我还是想去别处看看。虽然当年的老家生活也许会很舒服、安稳，但那种一眼望得到头的生活让我恐慌。如果继续待在村子里，我也许会和其他女孩子一样，过上结婚生子、相夫教子的生活。一旦那时我想改变，就会变得很被动了。我很庆幸那时候我跳了出来。"

青春年少时，我们总是有很多梦想，想要拥有诗和远方。但美好的背后往往伴随着疼痛的心意和残酷的路径。

我们也许会因为现实生活的种种羁绊，很难迈开步子去做出新的选择，所以只能被动地生活着，激情与梦想逐渐被世事磨灭。现实的束缚也许难以挣脱。但我们依然可以做出改变。改变一种心境，一种思维，即便空间环境有限，也可以试图去拓宽内心的广度与深度。

还有一种情况是，当舒适的诱惑摆在面前时，也许更多的人会选择妥协与投降。毕竟比起未知的未来而言，舒适和稳定，也许是最不冒险的一种选择。但米兰·昆德拉有一句话：“永远不要认为我们可以逃避，我们的每一步都决定着最后的结局，我们的脚正在走向我们自己选定的终点。”

岁月不可逆转，当你站在人生的十字路口时，你要去谨慎地选择自己想过的生活方式。你要警惕无时不在挑逗、诱惑着你的安逸，防止它凝固在你的生命里。要有勇气跳出舒适圈，敢于将自己抛在生活的烟尘里翻滚，让生命保持好奇、新鲜与跳跃的能量。

3

一个从心出发，在路上思考着行动着的人，无论冷暖还是苦乐，他的心都是进步着愉悦着的。因为他知道，在路上的自己是清醒着的，也因为他在随时审视着自我，在构筑一个新的世界，新的人生。

也有些人，正因为有了“别处”，才有了憧憬与努力的理由。懂得忍耐的人，时间也总会给出你想要的答案，让你过上自己想要的生活。

我因为写文也认识了一些自媒体人。其中有一位旅居德国的女子，她在德国开了一家移民咨询公司，她也有自己的自媒体平台，也转载过我文章。一来二去，我们熟络了起来。她也和我聊起她过往的经历和异国他乡的生活。

她说起自己在10多年前，大学毕业后工作了一段时间后，深知自己能力和学识的局限，也很渴望人生的另外一种可能性，于是做出了留学深造的念头。然后她开始了行动，边工作边疯狂学习英语，备考雅思。尽管前路充满了很多未知数和挑战，但她选择了在路上，选择了重新出发。

雅思考过了后，她顺利申请到了加拿大哥伦比亚大学留学，毕业后她在当地找到了不错的工作。之后她又去了很多国家，很多地方，直到 35 岁那年回到上海，她遇到了她生命中的另一半，也就是她现在的先生，随后结婚生子。在上海他们也算事业有成。但渴望更多可能性的他们，又一次做出了选择，选择再次启程，全家移民欧洲。

她说："我二十几岁的时候，可能折腾了，我也去了很多地方。不要太早选择安逸，也不要太早被生活的琐碎牵绊，毕竟后面还有几十年的人生呢。年轻时就要有那股子冲劲，要敢于把自己抛到路上去，大胆地去闯荡。" 她自信地坦言道，如今的自己不管在世界的哪个角落，都可以生活得很自在，也有能力让自己过得很好。

而人生越往后走你会发现，路仿佛越走越窄。因为我们会被越来越多的世事牵绊着，而人的每个年龄阶段会有不同的使命。我们会从一个自由的人，到和另一半结合组成一个家庭，此时你会发现，除了你的梦想，你还需要去妥协某些想法和想做的事情，要面对更多的鸡毛蒜皮以及需要处理的关系。有时候人的自我与周遭存在着矛盾与对立性，想要实现自我与坚持不是件易事。

所以，不要害怕年轻的自己一无所有，力量单薄，至少你拥有足够自主的时间可以自由掌控，至少你可以不因现实的羁绊，可以选择远方放手一搏。

你要珍惜可以随时仰望“别处”的时光，这不是要让你享受，而是要珍惜这份希冀和憧憬，而这可以让你全力以赴毫无顾忌地去努力。

4

我们总安慰别人平凡可贵，可那应是越过万重山、踏遍荆棘丛生的草地后的归来。曾有一段时间很爱看游记，我看过小鹏的好几本书，那时他一直路上，也在《背包十年》中写道：“我从三毛，格瓦拉，凯鲁雅克、路人们那儿获得了梦想和鼓励，我想告诉那些走在我后面的年轻人，人生不只是房子车子，应该还有另外一种可能。”

小鹏在这十多年间，一直在坚持一件事情，就是保持在路上的姿态，去了很多地方，写了很多文字，记录那些光影世界。他一路洒脱，但也辛酸无限，体会孤独，路上同样有生活的艰难。

而今，从年少轻狂的青春走到而立之年，见自己见众生见天地，生命的博大渐渐有了新的感受，有了那份从容与平静，后来他选择了在云南束河安顿下来，搭建背包十年青年旅舍，开启新的一段“背包十年”，开启另一种意义上的重新上路和远行。

你不走出去折腾，怎么会知道人生还有没有新的可能？你不去别处看看，又怎会真正找到回家的路？

人生其实就是兜兜转转的过程，有些人一直在路上追寻想要的答案，有些人厌倦了平凡的生活，选择了重新出走，有些人从在路上到选择了回归，如绚烂的烟火终归于平淡。但无论是哪一种，比起茫然地生活，毕竟实现了心底的那个声音：我折腾过，我体验过。

唯有当我们明白了追寻的意义，并非一种表面的舒适与安全感时，方能在尘世的沉潜起伏中终有所得，才会有极致的生命体验。最后，是选择继续远行，是稍作停歇再上路，还是终于停下脚步选择一隅安顿身心，其实无论哪一种结果，都不重要了。

重要的是，我曾体验过别样的生活，我曾踏实地丈量过这片大地，我曾深刻体验沿途的苦乐酸甜，以及那波澜壮阔的美。而生命与灵魂也因此更加贴近了真实的存在，心也逐渐变得谦卑，更懂如何尊重与敬畏世间的生灵。最终，我知道了我想要的答案。

努力赚钱的姑娘，选择了怎样的人生

文 / 依伊

王尔德说：“在我年轻的时候，曾以为金钱是世界上最重要的东西，现在我老了，才知道的确如此。”

越是年岁增长，越是对这句话感同身受。

特别是步入中年，上有老下有小，才发现用钱的地方太多，自己挣得太少，以至于开始懊悔从前的碌碌无为、年华虚度。

年轻时，总以为除了钱，其他东西也很重要，比如社交，比如玩乐，比如自由自在。

后来才明白，正因为很多东西都重要，才要更加努力地去挣钱。

1

昨天约闺蜜出来吃饭，又被拒绝了。

我开始觉得奇怪，毕竟她是活跃分子，最热衷的就是参加生日聚会。

一番刨根问底之后，她才叹气说，自己做了一份兼职，实在没时间。

原来，她父亲前不久不小心跌了一跤，小腿骨折住了院。

不到医院，不知道自己到底有多穷。每天上千的开支，很快让她本就不多的银行存款见了底。而等到需要借钱，连吃闭门羹时，才知道什么叫低声下气。

父亲出院后，腾出时间的她，最想的不是休息一下，而是如何把瘪瘪的钱包填满。

只有经历过才知道，穷怕了，是一种怎么样的体验。

女儿出生后，因为老人无法过来帮衬，我只能辞职回家带娃。

全家的收入只有老公一个人的工资，而支出却有房贷、车贷，加上女儿这个超音速钞票粉碎机。

那段时间，我恨不得每一分钱都掰成两半来花，但依旧月月透支。

有一次，我还因为被一个假包裹骗取了 39 元钱而号啕大哭。

也是在那种艰难中，我走上了一边带娃，一边码字的道路。

“人为什么一定要努力赚钱”，网上有段回答，总是瞬间戳中我的泪点：“辛苦地赚钱，不是因为多爱钱。而是这辈子，不想因为钱和谁低三下四，也不想因为钱而为难谁。”

只希望在父母年老时，我可以有能力分担；在孩子需要时，我不会囊中羞涩。

我们置顶赚钱能力，不是因为我们爱财，是因为我们不想因为一次大病、一次失业、一次择校，就变得茫然无助。

2

一个朋友说的话，我很认同，她说："金钱给的安全感，谁也给不了。"

朋友吃过不能赚钱的苦，而且吃得很够。

全职带娃那几年，表面上悠闲自在，其实每天都被尿布和灶台折腾得浑身疲倦。

但委屈却只能憋着，不忿却只能忍着，因为生怕自己的牢骚引起丈夫的不满。

毕竟那是家里经济的唯一来源，而且随着丈夫的职位越来越高，身边的莺莺燕燕随便拎出来一个，都比自己年轻，都比自己能干，而她自己唯一能依仗的就是听话和任劳任怨。

但即便这样，在婆婆和丈夫眼里，她还是吃闲饭的，言语中不乏指责和埋怨。

内心的焦虑，加上这种不满的怨气，几乎让朋友患上抑郁症。

最后，还是父母赶来，接过了带孩子的责任，一手把她推向了职场。

发第一个月工资的那天，她兴高采烈地带着父母去撸串。坐下去点餐的那一刻，她才明白，连说话都有底气是什么意思。

绝大多数时候，就是赚钱的能力决定了家庭地位。尤其对女人来说，赚的不仅是钱，还有尊严、自信和满满的安全感。

就像《欢乐颂》中的安迪，能光明正大地跟准婆婆争吵，还不怕小包总弃自己而去。

当你拥有了赚钱的能力，不仅能让你拥有更高的格局，可以脱离柴米油盐的琐碎，更能让你挣回自己的尊严和底线。也会得到亲如另一半的尊重和理解。

3

曾在网上看到过一个帖子，大意是：一个人，千方百计地打入了一个都是富人的微信群，想学习如何致富，结果群里每天谈论的都是如何吃喝玩乐。

年初，孙俪一条微博曾登上了热搜。

在微博里，她说："刚才经纪人要和我说我的工作安排，然后我先把今年的旅行计划告诉了她，她啥也没说，合上本子就走了，感觉快要辞职了。"

网友纷纷留言："这是要罢工的节奏啊。""娘娘真是任性啊。"

"娘娘"不是从今年才开始任性的，自从《甄嬛传》大火，把她推向了国内超一流女星的地位后，"娘娘"的任性和霸气，就开始表露无遗，基本上每年只拍一两部戏就收工。

然后，每天的生活就是种花种菜，带着孩子满世界旅游，悠闲自在。

说实话，"娘娘"的生活，我这个当娘的也向往，但奈何兜里无钱，心里无底，只能继续忙碌奔波。

任性需要资本，而孙俪有这个资本，仅 2017 年拍的两部电视剧，进账就有一个亿。

正如罗伯特·清崎说："没有实现财务自由之前，你无法体会自由的真谛。”

按照马斯洛需要层次理论来讲，人从低到高有五层需求，分别是：生理需求、安全需求、社交需求、尊重需求和自我实现需求。

其中最低的两个需求需要钱，后面的三个需求需要钱和时间。

只有能赚钱，才有勇气去背包旅行，实现诗与远方的梦想；

只有能赚钱，才有能力去实力带娃，不错过他们的成长；

只有能赚钱，才能在满足生活的基础上，去做自己真正想做的事情。

4

有钱人的快乐，你想象不到；有钱人能获得的，你同样想象不到。

钱，有时就意味着你的选择权，对于生命，对于健康，对于自由，对于时间的选择权。

无论什么时候，都要置顶赚钱能力。

如果你还年轻，那么一定不要辜负上天对你的恩赐。

这个年纪，你有最多的时间和自由，可以为“过什么样的生活”去努力。

千万不要在最应该奋斗的年纪里选择了安逸，在游戏中厮杀，在酒吧中买醉，在被窝里睡大觉。

最后，消磨了时间，来到了中年，发现了人生艰难，却再也回不去有大把时间与精力的 20 多岁。

如果你错过了年轻，那就珍惜当下。

千万不要明明为现状焦虑，却又没有毅力去改变。宁可守着几十年也不会变化的工资，也不愿意用一年的时间来提升能力。

没有钱谈论的理想，都是一种真虚伪。没有钱聊的未来，就像在做白日梦。

你的赚钱能力，就是你抵御风险的底气、驾驭感情的仙气、赢得自由与选择的前提。

为了我们自己，以及我们所爱的人，别忘了置顶自己的赚钱能力。

6

努力

不是为了改变世界，而是不被世界改变

北京再拥挤，至少还能摆下我的一张床

文 / 宋小君

一朋友买房，卖家报价 728 万，朋友从 7 点半砍价到夜里 11 点半，675 万成交。

这颇有魔幻现实主义的一幕发生在北京。

有人说，房价透支着年轻人的希望。

当你买不起房子的时候，房价也会直接反映在你的房租上。

北漂，租房，每年搬家成了基本的习惯，有时候想起来，也有一种住遍了北京的豪情。

我想起我刚毕业的时候，找合租，看到一家还不错。

下班赶紧去看房，没想到房子离地铁站有一段距离。

我下了地铁，足足走了 20 分钟。

见到了房东，房东神秘兮兮地告诉我，网上标的 1500 不是实际价格，打算租给我的次卧月租 3500 块，除了面积大，采光好，更重要的是，隔壁还住着一个漂亮的姑娘。

我很想租下，但是当时我的月薪才 3500。

我如实告诉了房东，房东和善的态度转瞬即逝，本来说好的用小电驴送我去地铁站，得知我租不起，索性也不送我了。

我一个人走出来，回头看看那栋耸立在夜色中的房子，心里瞬间有一丝难过，我也不强求太多，只不过是想要在我奋斗的城市里摆下一张床。

但就好像小时候玩红色警戒的时候，系统会告知你，此处不能修建建筑物。

我有些茫然地站在这个城市灯火里，感觉自己身上扛着一张床，明明睡意来袭，却不知道该去哪里睡一觉。

此时，旁边正好有一只蜗牛经过，忍不住就羡慕起它来，它的身上还背着一栋房子啊。

我年轻，我漂泊，我为了心中的理想奋斗，但我不知道什么时候能拥有自己的一套房子，安下一张书桌、一张双人床。

即便，我终于找到了一间房租低廉的房子，但我身上扛着的这张床，只能得到暂时的安放，哪天房东的儿子要结婚，要移民，要换一套更大的房子，我都得卷铺盖卷滚蛋。

大城市繁华是繁华，但跟我似乎没什么关系。

我想起《了不起的盖茨比》里那段话，觉得莫名地贴切我当时的心情：

可是我一面心里想，我们这排灯火辉煌的窗户高高在这都市之上，从底下暮色苍茫的街道望上来，不知道蕴藏着何等人生的秘密，而我脑海中也见到这么一位过客，偶尔路过此地，抬头望望，不知所以。我自己似乎又在里边又在外边，对这幕人生悲喜剧无穷的演变，又是陶醉又是恶心。

你既在里面又在外面，多么有意思的表达，里面似乎也暗含了某种希望。

我不知道是什么让一个年轻人的心境变得复杂了，我只知道一点，抱怨，愤慨，痛骂奸商和炒房团，并没有用，无非是增加我们的心理负担而已。

我更关心普通人的生活。

普通人，是单独的个体，普通人只能在自己的格局里，做到最好，把自己和理想和房子之间的距离缩小一点，就像一盏霓虹灯，努力亮着，试图接近月亮。

因为，年轻人在哪个时代都是不容易的。

哪个时代都不会对年轻人心慈手软。

战争了，年轻人要上前线，要保家卫国。

大萧条了，年轻人要为了一口救济的面包排队。

香港人常说，连张国荣都要熬 10 年。

年轻人身上永远背着重担，几乎是宿命一般，这多少有些悲壮。

但也许悲壮，正是年轻的注脚。

这是我自己切身的感受。

我 23 岁大学毕业，和无数年轻人一样，怀揣着真心和理想，来大城市闯荡，其实并不知道前面到底有什么，只能像走夜路一样，尽可能地抬头看星星，有光的地方，大概就有希望。

民谣里唱，北京再拥挤也有我的位置。星爷说，天亮了就会很美。

励志的话，也不用多说了，喝多少碗鸡汤，都不如明白一个简单的道理——小人物永远都是在挣扎中，完成自己的人生史诗。

就譬如这篇文章，我本来想到的题目是“不过是想在北京有一张床”，但写到最后，我把题目改成了——“北京再拥挤，至少还能摆下我的一张床”。

后来，我辗转租到了和三个女孩合租的老房子，写了生平第一个直播帖，卖了版权，拍了电视剧，挣到了一点钱，过上了相对来说体面的生活。

你瞧，凡事，总有希望。

三十岁：再不去实现梦想就来不及了

文 / 杨熹文

最近我的状态出奇地好，冬天的情绪总是输给稀稀拉拉的雨，很难得有这样铆足劲儿的精气神。无须什么外来的激励，我自己鞭挞自己向前走。

做饭洗衣都在鼓点上，工作也十分卖力，早六晚十，健健康康地生活，读女性写的书籍，学难学的日语，写小说，摇着笔杆，看人物乖乖向命运深处走。

那些拖延了几年的事我也终于完成了一些，把各 App 账号密码梳理明白，未来的事业方向也一想再想。完成一张愿望清单，题头是“35 岁之前”，越写越长，越写越宽，从下午两点写到五点，写到自己热泪盈眶——不是因为自己还有梦，是 30 岁了，这真是一个再不去实现梦想就来不及的年龄了。

某个周一的晚上，我照例去上汉语课，半路忽然想起有东西忘在家里，便匆忙折回去。

还没停好车，就看见我的小猫咪还坐在大门口，它是追我出的门，一直等在原地，这天寒地冻的季节，这团漆黑的小家伙，像被冻住在黑暗里。

取过东西，怎么哄它也不走，怕它顽皮钻进车底下，我只好一脚油门把车开走了，后视镜里，它那双又大又黑的眼睛有些惊慌失措，一条红色的围巾浅浅地发亮，“喵喵”叫的声音越飘越远，那是猫的伤心，夜风帮它翻译，妈妈你别走。

我忽然想到不止一个女性朋友对我说过：“我没办法去上班了，我舍不得每天早上和孩子告别。”

那是三五年前，这样的话并不能让我产生共鸣，我出着没心没肺的主意：“嘿嘿，你就溜呗，再扮个鬼脸。”

那个晚上，我讲课是走神儿的，眼前浮现站在 TED 讲坛的 Sheryl Sandberg，讲她三岁女儿如何在幼儿园门口抱住她的大腿，哭喊：“妈咪，不要上飞机。”

我忽然预见了自己的未来。

我问自己，在那个有孩子需要自己，自己也需要孩子的年龄，我现在做的事儿还有心思做吗，我还没做的事儿还有时间尝试吗？一只猫让我提前感受到做母亲的心情，它让我预习着幸福和烦恼。

当晚回家，行驶在一条寂寞的公路上，想起十几岁的时候，自己怀念童年时的无忧无虑；二十几岁的时候，怀念十几岁时被庇护的生活；30 岁了，又怀念二十几岁的野心勃勃，这是人类的弱点，总是低估了当下，高估了未来。

想必未来的自己，一定也会狠狠羡慕这一刻。

这张“35 岁之前”的清单，其实也可被翻译为生孩子前要实现的事。

包括写出一部无敌小说，拼出一个不会让我担忧的存款数目，带爸妈去远方看一看，还有和闺蜜去做陈意涵和张钧甯做过的那些事……

我的朋友，包括相识多年的那种，都会隔三岔五地对我说：“觉得人合适，就生个孩子吧。”

说来我有很多三十几岁未育的朋友，我们到现在还没有成为母亲的原因其实很简单。

错过了是前提，对的时间和对的人迟迟才匹配。

想开了是过程，人类繁衍后代的责任，不必单单由自己去承担。

再等等是结论，还有很多事自己想去做，说自私也好，说固执也罢。也许我们对未来的预测并不准确，但我们必须做点什么，为注定失去的时间和野心负责。

我无意评论什么年龄结婚生子才是正确的，这件事不只由一人推动，人各有命，时差不同。

有时也觉得谁家的小娃娃淘气、可爱，想把那娃娃复制一个和自己过日子，我也确实听到和见过，那些柔柔弱弱的女生变成三头六臂的女强人，孩子成为一个母亲最大的动力，推动她们继续实现梦想。

然而，我的母亲，我的朋友，我的邻居，也在向我传达：当你有了孩子，你就必须变得更强大，你会收获很多幸福，也会牺牲一些，比如时间，自由和一部分自我。

这些年我学会一件很重要的事，多看一步未来，再回到当下生活，日子明朗许多，又让我在懒于实现的梦想前，产生紧迫感。

想象着自己要成为哪样的母亲——最希望可以拥有有条不紊的生活，为家人提供舒适干净的环境，对烹饪栽种保留热爱，关注孩子的性格和兴趣，控制自我的情绪和时间，能够继续与爱人旅行，也能在孩子睡觉的时候泡壶茶、读本书，留住属于自己的一点闲情逸致和成长所需。

带着这幅理想的画面，总觉得现在的自己就可以为它做些努力。

脚步，自然就不敢慢下来。

有一句话这样说："想要成就伟大的目标，你需要的是计划，以及不太够的时间。"

不必纠结自己为何不能像同龄人一样，25 岁结婚 28 岁生子，接受自己的现状就好，就算 30 岁一无所有又怎样，我们不年轻了，没时间任性，一再去修正自己的失误，但也不迟，这个年龄不像二十几岁视野狭窄、立场不清，我们更理智，更有智慧，有很多事，可以比从前做得更好。

也许我不会把每一个梦想都实现，但请记住 Sheryl Sandberg 对女人的忠告："在实现自己的梦想前，不要提前退场。"

不要轻易在生命的任何一个阶段，让自己提前退场。

我想你一定不想成为这样的母亲，把对生活的不满和对自我的亏欠归结于孩子身上："我现在这样，都是因为你！"

你更希望自己看着孩子这样想："我曾努力实现那么多梦想，就为这辈子和你多待上一会儿。"

有人说成为母亲是一种感受，有软肋，也有铠甲。

在这之前，满怀憧憬地前行，先去为自己披上铠甲吧。

难走的通常是上坡路

文 / 海欧亭亭

1

大学的时候我进报社实习了将近两年的时间，那两年里我主要跑经济新闻，写了大量经济类的新闻稿件。由于我那时还是在校大学生，一边读书一边实习，所以，负责带我的记者老师对我也比较“放任”。

少了条条框框的限制，我的采访大多比较自由，除了一些大型活动需要跟着记者老师同去，其余的采访，我喜欢自己寻找素材和采访对象。

那个时候最喜欢采访的是各行业的创业者，做餐饮的、办补习班的、开服装店的，总之，只要是自己白手起家创业的，我都非常感兴趣。

我不好奇他们有多少财富、有多少生财之道，我只是非常想知道他们是如何熬过那段艰苦日子的。尽管我没有过经商的经历，但我能猜到，无论最后成功与否，其中必然有一段难熬的岁月。

第一个接受我采访的，是我们学校对面一家计算机培训机构的创始人，李老师。

和大多数创业者一样，他也是以自己的专业起家的。大学主修计算机专业的他，毕业后从湖北来到广州打拼。在广州工作期间，他敏锐地感觉到电脑应该会很有发展前景，就有了开办电脑学习班的念头。之后他回家乡创业，彼时正是千禧年，碰上了计算机等电子产品飞速发展的年代。

那一年李老师 26 岁。

起初，李老师只是在家里开设简单的电脑培训业务，靠着十来台电脑，辅导熟人介绍来的几个学生。没多久他就不满足了，开始寻找更大的场地，准备建立一个较大的培训中心。

那段时间就是他最艰苦的时刻。

首先是资金。由于是白手起家，没有殷实的家底，李老师果断地选择贷款，这在当时是一件非常冒风险的事情，要知道，一个失误，就有可能倾家荡产。

他笑称这是一场“从负到零”的创业。

筹备好之后，招到的第一批学生还不到 30 人，他急得团团转，开始玩命地工作，忙起来连吃饭的时间都没有，还常常熬夜备课到次日凌晨三四点钟。

他告诉我，那是他创业生涯中最难熬的时光，觉得路真难走，且走得十分吃力，大汗淋漓。

由于异常焦虑，睡眠质量便不好，整夜失眠。很多次，他的家人看不下去，劝他放手，以他的条件，去学校里任教不是难事。

只有他自己明白，一旦选择踏上这条路，便无路可退，或者说，是自己不允许有后退的念头。

靠着这样的决心，他艰难前行，直到培训中心渐渐步入正轨。

直到现在，他才觉得原来那是一次从谷底向上爬行的日子，因为是上坡路，所以走得才艰难。如今他的培训机构已经是全城规模最大、载誉最多的计算机培训中心，一整栋楼都是他的。

若非心中有光，他绝不会攀登到这一步。也正是心有念想，一点点坚持下来，慢慢地攀爬，才成就了现在的登顶。

2

还有一个采访对象，是一个开汉堡店的大学生，姑且叫他小陈吧。

毕业后的小陈，家里给他安排了一份稳定的工作，收入可观，清闲自在。小陈去上了一个月的班，就决定辞职。

他告诉我，不想就这么一眼望到自己几十年后的生活，就这样过完自己的一生。

于是不甘平凡的他开始折腾，要创业，要拼搏，要与别人不一样，他笑称自己的创业完全是被折腾出来的。

创业前，他考察过当地市场，觉得“洋快餐”在当地比较流行，但普遍消费较高，于是他决定自创一家洋快餐小店，做大众喜爱又都消费得起的食品。

揣着几千块钱，他只身跑去武汉学习制作汉堡的成套技术。由于经验不足，误入一家假冒技术培训公司，缴了学费，学到的却是假技术，加之不包吃住，带去的钱很快就所剩无几了。

请求家里支援是不可能的，因为辞掉工作的事情已经惹恼了父母，他不可能再向家里要钱，也想以此证明自己可以自食其力。实在没办法了，小陈找大学同学借来几百块钱，这才不至于流落街头。

他笑称那时的他简直就是颠沛流离，有时候站在江边，觉得唯有那安稳的桥洞才是最好的栖身地。

后来学到了技术，汉堡店开张了，但由于自己的技术不过关，小陈做出来的汉堡口味不正宗，得不到认同，有时店里一天只有几个顾客。

他陷入了从未有过的恐慌。

“从来没有觉得生活这么难过，我每天都在担心自己第二天会不会饿死。”这是他对我说的话。那个时候，他过着每天为生计发愁的日子，即使这样他也没有放弃，因为还是有顾客喜欢吃他做的汉堡的，只要一天还有一个顾客，他就一天不关门。

靠着打不死的决心和慢慢积累起来的客户群体，小陈的汉堡店终于开始盈利，经过几年的经营，现在已经开到第五家分店了。

“年轻人就是要拿出那股子风风火火的劲儿来，敢做敢闯！”这就是小陈的决心与干劲，甭管多难的日子，都不放弃。

3

毕业后我来到深圳，步入职场，更是深深体会到艰难的含义。

我身边所熟识的人，不论同事、同学，还是朋友，凡是站在高处拥有高职位、高薪水的，必定是经历了负重前行的日子。

我的一位校友如今是一家上市公司的老总，而他 10 年前负责的房地产项目，由于逆市推出，遭遇了市场坚冰，团队战友一个接一个离开，唯有他还在坚持。要知道项目上市前的市场定位报告都是他写的，他深知这是一个极具价值的项目，未来一定会博得头彩。

整整两年时间，他都没有离开，其实他但凡跳槽去到任何一家公司，都可以操盘在售项目。“在售”意味着什么？意味着大把大把的佣金涌入口袋。但他依然选择守着自己的项目，只待市场峰回路转。

那段时间，没有提成，靠着微薄的底薪，他步履维艰。要知道那段时间各种言论向他袭来，有父母的不理解、朋友的嘲讽、同事的倒戈，但他依旧坚持着自我，而要顶住这些来自四面八方的压力谈何容易啊。

首先是舆论，多家媒体报道他们的项目遭受大量客户的退筹，房子卖不出去，各种猜测也迎面而来。有人说是质量不过关，有人说是资金未回笼，他都一一回应着这些质疑。

他一边应付着媒体，一边撰写着大量的文章来阐述自己的项目。没错，亲自写。他说：“没有人比我更懂这个项目，因为它是我的心血，如同我的孩子一样。”

接着是公司高层的压力，以及下属的不满和怀疑，他都一一顶住。

两年后，市场果然开始解冻，他们的项目因户型紧凑、设计新颖，受到年轻人的关注。与此同时，项目紧邻的地铁四号线开通，他们又是地铁口附近的项目，地铁给项目带来的溢价迅速猛增。

项目第二次开盘，当天售罄，他们的团队一炮而红，他的身家也开始大涨。

大量的媒体报道让人们记住了他作为项目经理的风光与干练，而这两年的辛酸与苦楚，只有他自己才体会得到。

4

可不是吗，越艰难，才是迎风向前；越难走，才是一直在上坡。倘若我们一直行走得十分轻松，那一定是走在平坦的路上，没有坡度，也就不会上升。而如果走得毫不费力，甚至不需要付出力气，那一定是被惯性推着下滑了，挂科、降职、失败，将接踵而至。

人生是一段漫长的征途，有人选择毫不费力甚至倒退的生活，然后越来越穷困，越来越潦倒；有人选择轻松行走，遇到上坡路段，则绕道而行，这样的人永远站不到更高的位置；有人却选择艰难爬坡，双手被遍布的荆棘刺伤，却仍旧咬牙往上爬，最终站上了高处，望到其他人所望不到的风景。

这个世界是公平的，也非急功近利，没有事情可以徒劳而获。你若想获得某样想要的东西，必须走过一段勤奋努力的岁月。而等到你终于走过这段岁月，得到了这样东西，一回头，你会发现，原来难走的，都是上坡路。

我们终将努力成最初期盼的那种人

文 / 戴日强

你讨厌现在的自己吗？

这些年不断听到身边的朋友感慨地说：“我们终将会成长为自己曾经很讨厌的那种人。”

这话似乎没错，成长过程中有太多的无奈，为了适应社会我们有太多的委曲求全，然后逐渐变成自己曾经讨厌的那种人。

但是回头又想想，是否我们只是在某一些事情和做法上不像我们小时候想得那么单纯所以变得讨厌，而我们一路走来的坚持和努力依然还是最初我们想要的？

1

小嫣是我在前公司签约的一个“95 后”写手，当年认识她的时候她刚上初三，后来到了高中就出版了人生的第一本书。她的另一个爱好是舞蹈，也考上了梦寐以求的艺术院校，谈了一个据说长得比我还像霍建华的男友后，我们便鲜有联系。

后来临近毕业，当失恋后的她又找到我时，已是三年后。寒暄几句后她开始跟我说非常讨厌现在的自己。

我笑着说："这些年你是遭遇了什么，那么久没跟大叔联系，就从一个妙龄少女变成一个悲观的弃妇了？"

她没有正面回答，而是继续说："读书的时候写作、跳舞、学习、做下午茶等都顺风顺水，都比身边的同龄人优秀很多，一直以为长大后可以变成风华绝代的女子，但是现在发现一切都跟想象的不一样，甚至自己为了某些利益变得越来越世俗，成为当年自己很讨厌的那种女人。"

我反问："是不是失恋让你悲观讨厌现状呢？"

小嫣否认说："失恋只是一个契机而已，之前光顾着恋爱没去怀疑，现在一想自己真的变成自己当年很鄙视的那种女人。"

我当然是持不同观点，但是隔着三个代沟确实很难说服小女生，于是我列举了几个问题："1. 你的爱好变没变？ 2. 那些爱好有坚持吗？ 3. 下一步有什么计划？"

小嫣的回答是没变，"只不过写作后来没什么作品，舞蹈一直在练但是毕业了不知道何去何从，做甜品想系统学习下……计划目前不清楚，所以过来找你"。

我说："小嫣同学，我不是什么梦想导师，不能给你太多意见，不过王明阳说过'心即理'，其实你的回答已经给你答案了，追寻你的初心、致良知，那是你的方向。"

几个月过去后小嫣又联系了我，说自己已经系统学了下午茶，开了个公众号，和朋友在杭州做了甜品外卖，另外也在写一部小说《我和胃一起治愈了失恋》跟自己的甜品结合，平时当舞蹈老师教小孩子跳舞赚生活费……

成长确实有很多烦恼，我们也会让岁月抹去了棱角，但不用讨厌鄙视现在的自己，只要找回那颗初心，回到最初的自己，我们终将努力成为最初期盼的样子。

2

没想到《中国合伙人》这个不属于我成长年代的青春电影感动了我。

看到成东青在几万人的舞台上演讲时，孟晓骏说："20 年前那个演讲的人通常是我。"

是的，20 年前读大学时，孟晓骏看不起躲在后面的人，他追求的是美国梦，他说去美国就不回来了。

记者问成东青："您是他见过最没有原则的人之一，您同意他的看法吗？"

成东青说："他应该去掉之一。"

入学时成东青最讨厌没有原则的人，最后他变成那种人，而孟晓骏的美国一行变化更大，20 年后成东青成了孟晓骏，而孟晓骏却成了 20 年前沉默的成东青……

王阳是情场小钢炮，炮都打到美利坚姑娘那了，他更是一个放浪不羁的诗人，为了写诗他甚至可以不去工作，但是20年后结婚那天，他却说："我以前只会过一种生活，就是和别人不一样。现在我知道了，大多数人都会选择的生活，才是值得的。所以，我娶了李萍……"

这句话从有诗人气质的王阳嘴中说出，顿时有一种岁月改变成长悲凉的无奈。

"成东青，到底是我们改变了这个世界，还是世界改变了我们。"这句话是东青在与苏梅重逢时，回忆他们在打越洋电话中苏梅对他说的一句话。

影片的最后他们都在反问自己究竟是我们改变了世界还是世界改变了我们。

难道他们都成为自己最讨厌的那种人吗？

是不是若干年后，我们会变成曾经讨厌的那种人？

我想不是的，记得孟晓骏在一开始的讨论会上说："我们这代人最重要的是改变，改变身边每个人改变身边每一件事，唯一不变的是此时此刻的勇气，如果我们能做到这一点，我们将改变世界。"

是的，孟晓骏变化最大也是最没有变化的人，从头到尾他只在阐述一个信念：自信与勇气！

所以，孟晓骏还是成为最初自己想要成为的那种有勇气自信的人。

而王阳虽然对生活选择了妥协，但是他内心潇洒依旧，依然是那个留着长发、写诗、泡妞、追求远方的少年。

而很多人不知道成东青总在下班后关着电灯不为了浪漫而是为了省钱，又有多少人亦如成东青那般，一直做一只傻里傻气的"土鳖"，而不被世界所改变。

是啊，如果额头终将被刻上皱纹，你只能做到不让皱纹刻在你的心上！

没错，真正能改变世界的人到底有多少，有的人甚至提出乔布斯不是在改变世界，而是在顺应初心的发展。雷军经过几年的放空思考决定从金山到小米的转变，他所得出的想法也就是“顺势而为”，所以无论世界如何变化，我们被世界改变成怎样的模样，我们甚至可以讨厌现在的自己，但是不能忘却我们的初心，只有初心才能让不断变化的我们保留唯一的真实性。

3

国庆放假回家参加中学同学聚会，院长跟我感慨说：“高中时如此疾恶如仇、出淤泥而不染，坚决和一切恶势力抗争到底，特别讨厌虚伪的人，而现在进入社会那么多年为了谈成业务拿到订单，左右逢源、虚与委蛇变成当初自己讨厌的那种人，无比鄙视自己。”

我反问说：“所做的这些妥协难道不是为了创业吗？”

院长说：“是为了创业，但是自己确实很虚伪。”

我又问：“那你高中的时候跟大家吹过的牛还记得吗？”

院长笑了笑说：“必须记得啊，除了泡到校花那条。”

我说：“那不得了，读书时你吹嘘做一家很厉害的公司，除了长大后口臭、脚臭、脾气臭、每次交女朋友总在 20 岁左右变得让人讨厌外，你十几多年来的努力难道不是为了最初那个目标？”

院长似乎有点认同，我补刀一句说：“不说别的，你之前杭州创业睡地下室吃隔夜盒饭，再回来老家做电商赔得裤子都掉了后又走了多少弯路，现在又在厦门做渠道，我觉得你跟王兴有一拼，走了校内网、挂了饭否网，再开美团网，即便长大后变得不再单纯即便命途多舛但你创业初心不死，这些我都看在眼里，看看你公司都 4 个小目标的估值了。”

院长打断说：“是 7.5 亿，谢谢。”

我骂道：“有钱了不起啊……”

成长的路上我们都一样，岁月还是会改变了我们的模样，也会让我们变得些许讨厌，但只要不忘初心，我们终将会朝着最初期盼的样子努力，那时候我们不会讨厌自己，而是爱死自己的。

忽然想到自己的高一，当时班会讨论“为什么读书”？

大多数同学都说考上好大学找到好工作，当年单纯的我义愤填膺站起来说：“周总理说为了中华崛起而读书，我说我为中华再崛起而读书不知道会不会大了点，但是至少我小目标可以是为发扬中华文化而读书。”

当时全班同学对我一阵唏嘘，班主任也劝我务实一些。

十几年后的今天，我诚然变成一个不再单纯，褪去了疾恶如仇的棱角，甚至有些追求名利，也学会了左右逢源，也如当年讨厌的大叔一样追求比自己小很多的姑娘……很多时候我也在想自己真的成为自己当年很讨厌的那种人？

后来想想不是这样，自己这些年依然坚持写作，创业做文化全产业，提出内容中心，想做一个庞大的文娱帝国……我想这些足矣，我一直在努力，努力成为自己最初期盼的样子。

而你呢？还记得你最初想要努力变成的那种人吗？

岁月不止，初心不忘，方得始终。

你我都在路上，也许，命运不曾亏欠你的努力，每个人都在追寻自己的初心，无论世界有多少变化，我们又变成如何的模样，找回最初的自己，知行合一，我们终将努力成最初期盼的那种人。

成为自己喜欢的人，过自己想要的生活

文 / 阿识学长

1

每年临近春节，在外地工作的人都陆陆续续回到家乡。

老爸看着一个个穿着西装革履，打扮得光鲜亮丽，和我一起长大的伙伴路过我家门口时，总要对我感叹几句，你看看别人家的孩子多厉害，听说今年又赚了好多钱。

你看你，都 25 岁的人了，还在读书。

你什么时候才能有出息？

啥时能买得起车子？买得了房子？

老妈也在旁边恶补一刀，恐怕连媳妇都难讨哦。

他们的话音一落，我的心登时往下一沉，禁不住怀疑自己，对未来莫名地感到恐慌。

晚上，我在朋友圈发了这样一条动态，读这么多年的书，还不是一位诚惶诚恐、牢骚满腹的矮矬穷，既不能安慰父母，又不能治

愈自己，有什么用呢？

动态一发布，引来不少朋友的感叹。绝大多数人好像有跟我类似的想法，他们纷纷点赞。

我以为这是我们“90后”这一代人的通病，不需要治疗，因为大家都有一样，年轻又彷徨。

但没过多久，有一位网名叫作“叶子”的朋友在下方留言说，你不必消耗时间去讨论读书有没有用，也不必过于担心以后能不能找到好的工作、可不可以赚到足够多的钱，更不必怀疑自己的才华和能力，你现在真正要做的就是，努力投资自己，既不虚度光阴，也不自怨自艾。你只需要用尽力气，勇往直前。

看完他的评论，我的眼睛猛然有点酸涩，眼泪开始在眼眶里打转。也许是被他的话深深感染了的缘故，我竟不由自主地删除了那条动态，并告诉自己，与其花时间羡慕别人现在所处的位置、羡慕别人比自己赚的钱多、羡慕别人成婚成家、羡慕别人比自己好像过得要好，还不如趁现在的自己还年轻貌美，开始加倍努力，不再虚度光阴。

做自己喜欢做的事，成为自己想要成为的人，比别人做任何事、成为任何人还要值得尊敬，鼓舞人心。

2

前些天，我和一位在深圳打拼的大姐姐一起吃饭。席间，大姐姐问我今年多少岁了，以后有什么打算。比如读完研，你会去哪座城市打拼？

我说，我今年25岁了，打算大学毕业以后去大一点的城市找份自己喜欢的工作。我不想留在小城市，更不想在年纪轻轻时就选择安稳平静，好像一眼就能看穿未来的生活。

我喜欢大城市，我觉得大城市可以激发我的斗志和潜能。否则，像以前一样生活在农村和小城市会感到空虚麻木。

当然，这完全是因为我现在还年轻，对很多没有吃过的食物，没有去过的地方，没有接触过的人充满好奇心，我渴望能够拥有这些东西。

所以，我不怕会迷失在大城市里，更不会觉得一座大城市容不下我。即使我可能活得很苦很累，但这都没有关系。因为年轻，我愿意冒险，也愿意为了升华自己的灵魂在大城市奔波劳碌。

但我就是不想这辈子只留在一座小城市过着一成不变的生活。

曾经我认为，一个人如果总觉得自己的生活过得不尽人意，会缺乏安全感，又时常感到怏怏不乐，要治愈他，帮他度过人生的劫难就得给他足够多的物质帮助。比如，他失恋了，痛心疾首，作为朋友就陪他多喝几打啤酒，大醉一场。她不知道接下来该干吗，一个人躺在沙发上发呆，作为闺蜜就拉她出去逛街，买很多衣服。但越长大，其实我们的内心越明白，即使给身在痛苦的人足够多的物质帮助也很难治愈得了他。真正能安慰或是鼓舞人的东西应该是一种精神力量。

物质永远填补不了人的内心，因为人心对物质的需求永远得不到满足，只会要求得越来越多。如果只往一个亚健康人的内里拼命地塞物质，而放弃精神治疗，那么这个人反而会感到越来越空虚，会越来越不自信、不快乐，做什么事都会心不在焉，更不会在未来的日子里拼尽全力，这样一个人会慢慢丧失活下去的勇气。

但精神力量可以让一个人感到满足。比如，你的朋友失恋了，你要治愈他，那就陪他聊天，既要倾听他的内心，又要寻找你们的共鸣点，努力打开他的情感宣泄口。一个人失恋之所以会流泪难过，是因为内心的精神力量轰然倒塌，他感觉自己无路可走。作为朋友，你应该给他足够多的精神力量，让他发现光明，找到方向。

另外，如果你的朋友总是发呆、发愣，大部分情况是因为她的内心很空虚，她并不知道自己接下来能干什么，甚至连自己喜欢什么，追求什么都不知道。你要帮助这样一位朋友，那就应该让她学会反思，学会探索，学会触摸自己的心灵。你给她的精神力量越多，她就会越兴奋，越觉得活下来很有意义。

一个人如果想要获得更多的精神力量，他真应该趁自己还年富力强时去大城市奋斗一次，拼搏一把。

作者闫涵说，在大城市，即使进不了有“铁饭碗”的单位，只要自己努力，一样有生存的资本，因为这里有无数平台供你选择、有无数机会等你去竞争，更适合无爹可拼、无脸可拼、无钱可拼却心怀梦想的年轻人。

年轻时，生活在大城市更容易养成心怀坦荡，豁达向上以及坚强不屈，对自己负责的人生态度。

大城市意味着更高的起点、更多的机遇、更多的精神力量。

3

我曾经采访过一位身家过亿的陈先生。当时我看到他的车库里只停了一辆特别普通的小轿车，我很好奇，就忍不住问他：你这么有钱，为什么不换辆更好的车?

他笑了笑，摇摇头说："这辆车我都开了10多年，早就习惯了。如果你要我换辆车，想必我会开得不开心，因为驾驶一辆普普通通的车，我反而会觉得格外踏实、舒心。"

接下来，陈先生又指了指他的衣服，说："开一辆车就好比穿一件衣服，自己觉得喜欢就足够了。

"都到了我这个年龄段的人，早就不在乎别人怎样评价我的衣食住行。我只做有意义的事，成为有意义的人。"

后来，在另一位朋友的详细介绍下，我才真正读懂了陈先生。原来陈先生认为有意义的东西，指的是做慈善事业。陈先生会把在日常生活中省吃俭用留下来的物资捐献给贫困地区，他为此默默地坚持做了10年。

陈先生说，物质只是暂时的，它不能让人感到真正的快乐，但精神力量能让人一辈子觉得幸福。人只要精神足够强大，就什么都不怕，到哪儿都容易满足。

陈先生出身寒门，能在深圳创办一家上市公司全凭他的勇气和魄力。当然，还有他那颗敢于追求不平凡的心。年轻时，陈先生放弃了在乡镇机关单位的公职，毅然决然地跟着几个哥们儿到深圳打拼，一干就是20多年。

那 20 多年的奋斗时光才是他真正想要，拼死也得留住的东西。

人生在世，顺不顺利，成不成功，其实都不重要。最重要的应该是，无论到哪个地方，遇到过什么样的人，经历过怎样的生活变化，你都曾为此认认真真地付出过、努力过、执着过。

精神力量，是一种情怀。它既能够让人们看清真实的自己，又能引领人们过自己想要过的人生。

25 岁，你不再是个小孩，你已经独立长大，此时此刻的你正血气方刚，何必要讨好这个世界，复制别人的一生？

25 岁，你要耐得住寂寞，忍受得住孤独，不要因为他人的三言两语就轻易放弃自己的理想。你真正要做的是，吹响一个人的号角，勇敢上路。

25 岁，你要敢于投资自己。读更多的书，到更多的地方，结识更多的朋友，做更多有趣的事。你要学会独立思考，至少得掌握一门技艺，还要立下属于你的原则和底线，一步一步坚持不懈地走下去。

25 岁，你要开始努力寻找一个肯陪你吃苦，和你有共同价值观，并且会善解人意的人生伴侣。你要对自己要求严格，对她温柔，更要对瞬息万变的生活怀抱一颗泰然自若、乐观向上的心。

并不是每一个在北上广打拼的人
都是为了要留下

文 / 周宏翔

1

前天半夜的时候，我一个好朋友给我发了一条信息，说，最近北京房价涨得很厉害啊，你知道吗？我表示一脸懵逼，大概我根本没考虑过在北京买房子，所以对这件事一点兴趣都没有。朋友说，即使你不买，也可以去感受一下啊。

我想，我不买，感受什么。

结果朋友立马甩出一张图来说，清华、北大毕业在北京都买不起房了，北京真的没救了，在北京混混就行了。

那语气就像是你不在北京买一套房就对不起你在北京混这件事一样。

然后我就笑了，说，上北大、清华和赚不赚钱从来就不画等号，高学历等于高收入？在北京生活就一定要在北京买房？

去年雾霾最严重的时候，大家都说，北京早就待不下去了，环境太差了，春天一过，雾霾散了，云朗气清，可是房价又突然暴涨了，大家又都说，北京的房子太贵了，根本没有办法待下去，10 年，你留下了青春，也留不下自己，不如早点回去吧。

我想，再过一段时间，大家总又能再找到一点离开北京的理由，可是说来说去，真正的大部队从未离开过北京，不管在这里生活多不易，他们依旧每天挤着地铁上下班，在拥堵的马路上马不停蹄，那些逃离的少数派永远代表不了真正北漂的群体。

2

去年 7 月来到北京算是我人生中一次偶然的决定，却又是必然会发生的事情。

因为一个剧本项目，而长期奔波在京沪线上，让我深感疲惫，于是干脆退掉了上海的房子，到北京安定下来。之所以说是必然，是因为搞文化的人都在北京，虽然你可以否认说，做文化哪里都可以做，但是你真需要谈一些事情的时候，不是你过去，就是等别人过来，多少机会错过了，而且消耗在路上的时间真的够你产生更多的价值了。

物以类聚，人以群分。

北京拥有全中国最好的文化资源，出版公司和影视公司层出不穷，三里屯随随便便一个逼仄的小巷子里都可能有一家图书公司，雍和宫外七拐八拐的胡同里就藏匿着一家影视公司。一个做文化的人，离开北京，当然可以，但要从事这行，却说可以完全和北京断绝联系，毫无瓜葛，那是天方夜谭。

很多人忍受着隔三岔五到北京开会的疲惫，还是愿意回到自己生活习惯的城市，我觉得没有问题，可是我们没办法否认的是，任何一个国家的大城市，都有这样的优势，他们有丰富的产业链，有更齐备的资源，可以让你在你擅长的领域有更好的发挥。

就像文化之于北京，金融之于上海，互联网之于杭州与深圳一样，你想要让自己更好，就必须在一个行业精英聚集的地方去学习。

要注意的是，并不是每一个在大城市打拼的人，都是为了要在那个城市留下来的，而是那个城市有着可以让他施展拳脚，投其所好的空间。

我想在这一点上，很多人一开始就误解了生活在大城市的人的目的。

3

记得某一次在上海的读者见面会上，有一个小女生一直等到最后人走完了，还站在边上等我。我问她有什么事吗，她说，今天是她最后一天在上海了，明天就要回老家了，所以想多看我一眼，她怕以后看不到了。我正好手上没有什么事，就和她聊了一会儿。

她说她在上海待了 8 年了，从上大学到工作，整整 8 年的时间，但是现在她要走了，不是她觉得上海容不下她了，也不是她家里人催她回去了，而是这 8 年的时间，她在上海学到了她想学的东西，见识了她十七八岁渴望见到的世界，她一直觉得上海的广告公司都特别厉害，在广告这个行业，她也算是老手了，可是现在，她觉得上海的这 8 年已经给了她足够的力量和资源，她要回到家乡去开一家自己的广告公司了，她不会和上海隔断联系，她爱这个地方，她还会经常来出差，因为她的人脉都在这里，但是她从一开始就没打算要在上海定居生活，因为她的男朋友在家乡已经等了她 8 年了。

最后她走的时候，让我送她一句话，我说，你想得明白，自己也能把控人生，不需要我送给你什么话了。但她还是要我写一句话，我就告诉她，你此刻拥有的，一定不是你人生的全部。她惊讶道，你怎么知道我心里这么想的。不觉一拍即合。

4

这句话，也曾经是另一个朋友对我所说的。

他在北京待了 10 年了，第 8 年的时候，他在老家成都买了一套小户型，次年，又在大理买了一套，其实他只要再多凑点钱，借一借，省一省，完全可以在北京首付一套四环的房子。可是他没有。

他知道成都和大理的房子涨幅都没有北京高，换作任何一个有生意头脑的人，一定不会做这桩亏本生意。可是，他说，我从来不觉得一个人拥有的就是他人生的全部，他的人生还很长，还有很多路没去开拓，他也没有想过要在北京留下，他在喜欢的城市买了便宜的房，等自己老了，就可以去住。

他从人大毕业之后，在北京一家影视公司工作，几个项目下来，租的房子从五环换到了三环，说实话，即使是他，也没有想过自己真的可以在北京留下来，但是刚毕业那会儿，他觉得北京有他需要的资源，可以让他最快速地成长，至于今后怎样，谁也说不准。

他真的把赚到的钱都投资到了自己身上，因为觉得专业度不够，就自费找外国人上课，害怕自己英语不够好，就大胆地让外国人纠正自己，每年他一定要去两次旅行，学以致用，他的银行卡里永远没有任何一笔钱是为一套北京的房子准备的。

他父母的朋友和一些亲戚也时不时叫他存点钱，早点结婚安家，他就非常不理解，他说，每一个家庭的父母，辛辛苦苦十几年培养一个孩子，结果终于轮到这个孩子可以对得起那番培养，要施展拳脚的时候，却又被告知要结婚生子安定下来，不要为自己计较太多，而是为整个家庭着想，那最终的结果就是，壮志未酬的年轻人又要把自己未完成的理想加在自己孩子身上，周而复始，永远没有人可以真正对得起那十几年的学习和努力。

他一直觉得，如果一个人不把一套房当作是束缚，就无所谓买不买房了。在传统观念里面，你在哪里买房，就要在哪里生活，可是他觉得不是的。

那些好不容易凑够钱在北京郊区买了房的人，很多因为工作原因，还是在靠近工作的地方租着房子，那些没有在北京买房的人，将赚到的够在北京买一室的钱拿到别的城市买一套三室两厅的大房子，也并没有觉得自己在大城市租房子就算是颠沛流离。

5

我另一个朋友在北京生活也有 10 年了，前两天她突然告诉我，她要离开北京了，因为她申请了法国的学校学料理，当时我们的共同好友劝她，让她别瞎折腾了，在北京好好的，你回来又不知道是一番什么天地了。她说，从来没有想过自己会一辈子留在北京啊，但北京永远是我们大本营的据点。

前段时间，还有个视频采访，一个 50 多岁的男人在北京拉货，他对着镜头说，我没有想过要留在北京啊，我只是来这里帮我的孙子赚点奶粉钱，顺便看看皇城根儿下的生活。

现在的“北漂”和过去的“北漂”早已不同，他们一开始或许就根本没有想过要留在北京，但是一点也不妨碍他们在北京继续生活。

我们永远不要觉得二十几岁，拥有了一套房，一辆车，一笔巨额存款，就是你人生的全部，也永远不要把任何物质当作是一份安全感；唯一的安全感，就是你永远不懈的斗志，保持学习的激情和赚钱的能力。

要知道，那些总是说着逃离北上广的人，逃离的借口永远都是去找客观问题，雾霾、房价、人口拥挤，而不是去找自己本身的原因，这样的逃离说到底，只是没有勇气的逃避现实。

有一天，一个目的正确的人要离开北上广，一定不是房价、环境或者别的客观问题而逃离，而是明白自己拥有的已经得到，这个城市不能再给予自己进步，或者自己内心真正想要回归到平静的日子，回到家乡，回到亲人身边，但总有一点，这样的离开，一定是理直气壮的，带着在北上广获得的财富离开。

当梦想走进现实，你只有更加努力才能不辜负自己

文 / MK 凉凉

1

读小学的时候，刚开设英语课，班里面弥漫着兴致勃勃的学习气氛。尽管年少无知，但也意识到学好英语，就能敲开另一个世界的大门。

学校开了一个英语高分班，画了高分和低分的分界线 。刚刚徘徊在分界线的下方，我和一个分数相仿的女生，鼓足了勇气，跟老师表达想跟高分班的同学一起学习。

老师神情冷漠，说了一句“那是给高分的同学上的课”。

后来，很多事情都这样发生着。感觉每一次鼓足勇气、开足马力去冒险的时候，都有一种将自己推向无边无际的失败感。

不知道是不是普遍情况，反正我的学生年代，大部分时间都过得相当失意。

直到我开始上网，我开始写 QQ 空间，我开始跟室友一起写博客，

事情发生了变化，我似乎走入了命运的拐点。在博客上、QQ空间上，开始发布一些小文章，抠抠语言，拗拗观点，故作哲理。尽管阅读量只是几百几千，但对于一个默默无闻的女生来说，已经是最魅力四射的时刻，收获了四方八面、前所未有的关注。

为了让自己的表述显得风趣独到，思想看起来更加博大高深，我开始阅读，开始看片，开始跟网友交流。比起学校，互联网世界似乎宽容很多，容量大很多，无需用高分和低分的分界线来保证优秀的机会，因为机会很多。

于是，也没有一条线来将我打入一个阶层而丧失尝试的机会。从此，打击我的，不再是规则，而是我创作的文字没有人看。

在网上，我总是勤奋，尽管高中是寄宿，也从未减退我更新博客的热情。在很早很早的时候，我已经拥有了自己的读者。

碰到现实世界的规则，我持续跌跌撞撞，不上不下，分数线压得我卑躬屈膝。一直到毕业以后，纲领终于不再生效，才感觉真正好起来。

在微博时代，写美剧影评，运营美剧微博，广交网友。在微信公众号时代，注册了一个叫MK凉凉的微信号，分享美妆资讯，当个美妆博主录录美妆节目……当我把事情当作兴趣做的时候，自然没有限制没有顾忌，游刃有余，如鱼得水。

可是，某一天，忽然发现，订阅量超过10万了，事情已经变得比我想象中更大了，甚至可以作为事业去推进，可以作为公司来招兵买马了。

于是，我辞职，战战兢兢地来到了规则满布的商业世界，每每触礁，学生时代的挫败感时有回流。创业，并没有外界说的那样硝烟四起，但内心上的革命却不断推平已有的认知。

2

学生时代的竞争，只发生在考场里，在笔头上，私下里背书做题，暗暗比拼谁复习得最晚。工作以后的竞争，往往只发生在面试时，陈述自己的能力，表达自己的职业想法，讲究专注和时间付出。

我也一样，从来没上过正面战场。即便是写作记录，也是把自己隐藏在文字后面，甚至更多的时候，觉得没必要竞争，该我的就是我的，不该我的想也想不来，常常想退到幕后，将自己藏起来。不宣战，也不应战，守本分。

将自己的个人形象暴露在网络上，我不是没有犹豫过的。清楚地知道，只要在互联网上留下自己的照片和形象，就会有人喜欢你，也会有人讨厌你。幸运一点的情况是喜欢你的人比讨厌你的人多一点，不幸的话，就是讨厌你的人比喜欢你的人多很多。

一旦把兴趣做成事业，一旦为事情有所付出，总是想它发展得更好更好，竞争就随即而来。与其遮遮掩掩，不如放下内敛，用自己最真实的形象，用面对面一样的视频形式，用聊天一样的语气，咬准每一个发音，去摆脱藏匿在文字里的竞争。

刚开始录视频很难，脚本很难，讲普通话很难，面对镜头很难，表情控制很难，动作优美很难。一个一个克服过去，慢慢走到了无人之境。

所有的行业都是一个金字塔，越是底层，竞争越是激烈。有编辑能力的团队多，有文字原创能力的团队少，有图文原创能的团队更少，有视频原创能力的团队少之又少，有持续优质视频原创能力的团队，在美妆这个细分领域里，几乎没有。

最后竞争起来，限度不仅仅在于能力，而首先在于竞争的意识。我始终认为，具备同样水平的团队有很多，但能放下固有认知和内心包袱，敢于挑战，挽起衣袖去竞争、去争取的团队很少。

不炫技，又不畏首畏尾，既然进了商业的世界，就要竞争起来，获得更多更大的机会，才是对团队最大的责任。

3

刚创业的时候，满怀英雄主义，背负着带领团队前行的重任。潜意识中，就变成了我必须做得更好，才能让团队更好。实际操作中，就扭曲成我做的才是最好的。

有一次，一整个星期我都在出差，没有“我的指导”，同事居然写出了超水平的文章，阅读量飙升，并且摸索出标题的创作方向。那是我第一次感受到团队自我成长的爆发力。

当我将手上一件一件事向团队交出去的时候，当他们越做越专业的时候，团队的内容创作变得持续稳定。后面，我专注于内部培训，再后面他们也能承接内部培训，以及所有的管理。

第一次的商业合作，来自于 Olay，是宝洁集团的大牌。基于对这个品牌产品质量的信赖，以及跟我们美妆号的定位符合，我们接下了这次合作，并为此创作了一篇内容。没看见读者对广告的反感，反而收获了品牌对这次合作价值的好评。

于是，我们开始相信，只要我们的内容足够优质，品牌合作和用户喜好是可以共生的。

天使轮投资的进入，是自我意识的第一场革命。不再羞于谈钱和谈商业，也不会放弃对优质内容创作的追求。我们开放“粉星频道”，跟诸如MAC、倩碧、KATE等化妆品大牌合作，共同制作化妆教程视频，成为第一个具有美妆视频合作能力的自媒体团队，创造了良好的口碑，也吸引了更多订阅。

尽管领悟到商业规则的残酷，仍然要后知后觉地将一个美妆自媒体项目推向商业。想清楚之后，我开始启动公司化运营，将项目投入到商业社会去验证，用商业运作去维持项目的生命力。

英雄主义的热情褪去，我从执行中抽离出来，让团队参与分担。意识的改变，为我和团队都创造了巨大的成长空间。让每一位成员都能感觉到自己的进步，才是最有效的管理办法。

创业的每一天都是在解决问题，解决外部世界的需求，解决内心的疑问。尽管未必行之有效，尽管依然常常徘徊在无边无际的挫败感里，但有了团队、有了竞争力，就可以向商业世界不断发起进攻，就有很多冒险的机会。

渴望冒险的内心，不再受限于当年的一条分数线，也不再受限于世俗中任何一条整齐划一的规则。